KB111063

세상의 위대한 이들은 어떻게 배를 타고 유람하는가

COMMENT LES GRANDS DE CE MONDE
SE PROMÈNENT EN BATEAU
by Mélanie Sadler

✳

세상의 위대한 이들은
어떻게 배를 타고
유람하는가

＊

멜라니 사들레르
백선희 옮김

역사를 발칵 뒤집는 발칙한 상상

백선희

역사(histoire)란 이야기(histoire)다. 한 편의, 끝나지 않은, 긴 이야기다. 얘기되지 못한 사건들과 여담들, 실현되지 않은 무한한 가능성들이 여러 갈래로 끝없이 뻗어나가는 미로 같은 이야기다. 역사의 빈틈과 불가사의, 비밀과 아쉬움은 우리의 상상을 근질여 무수한 이야기들을 낳는다.

여기, 역사의 미로 속에서 도무지 만날 일이 없어 보이는 두 제국을 잇는 샛길을 찾아낸 이야기가 있다. 여느 문명보다 찬란하게 꽃피웠으나 몇 안 되는 정복자들 손에, 그들이 옮긴 낯선 병에 어이없게 몰락해버린 신대륙의 아

5

즈텍 제국과, 대서양을 건너고 사막을 지나고 다시 지중해를 건너야 닿을 수 있는 구대륙의 오스만 제국을 만나게 한 이야기다. 황금의 제국 아즈텍이 유럽 정복자들에게 수탈당했다면, 오스만은 유럽을 두려움에 떨게 했던 제국이다. 아즈텍의 수도 테노치티틀란은 16세기에 인구가 20만에 달할 만큼 엄청나게 번성했던 대도시였고, 보스포루스 해협을 끼고 유럽과 아시아 두 대륙에 걸터앉은 오스만의 수도 이스탄불은 고대부터 구대륙에서 아테네와 로마와 어깨를 나란히 겨룰 만큼 문화적으로 아주 중요한 자리를 차지하는 도시다. 전자는 사라졌고, 후자는 살아남았다. 각기 다른 문명을 꽃피우고 전혀 다른 운명을 산 신비로운 두 도시, 두 제국의 만남은 상상의 한계를 훌쩍 뛰어넘는다.

저자 멜라니 사들레르는 스물일곱 살에 펴낸 이 첫 소설로 프랑스 문단에 눈부시게 등장한다. 그녀는 아르헨티나 역사를 전공하며 박사과정을 밟던 중 논문으로 인한 스트레스를 풀 겸 떠난 터키 여행에서 톱카피 궁을 방문하려고 기다리다가 문득, 아즈텍의 멸망 시기와 오스만의 전성기가 겹친다는 사실을 깨닫는다. 그리고 3주 만에 이 소설을 완성해낸다. 2015년 1월에 출간되자마자 이 작품은 프랑스 문단을 발칵 뒤집어놓았다. 기상천외한 상상, 역사에 대한 깊은 이해, 반짝이는 유머 감각이 돋보이는 이 소설을 「피가로 마가진」은 "경이로운 작품"이라 했고, 「리르」지는 "완벽한 성공작"이라 평했다. "해박하고 유쾌한 작품", "유머 가득한 강장제 같은 작품", "엉뚱하면서 해박한 독창적인 작품"이라는 찬사가 쏟아졌다.

180쪽 남짓한 이 짧은 이야기는 도입부에서 불가사의한 수수께끼를 하나 던져놓고 숨 돌릴 틈 없이 빠르게 전개된다. 역사적 사실들에 근거를 둔 역사소설이면서 수수께끼를 풀어나가는 추리소설처럼 독자의 궁금증을 마지막까지 움켜쥐고 놓아주지 않는다. 그리고 부에노스아이레스 대학 강단, 이스탄불의 그랜드 바자르 시장 골목, 술탄의 하렘 궁, 술레마니에 모스크, 콜럼버스 시절의 테노치티틀란 등 과거와 현재의 시공간을 종횡무진 넘나든다.

한편에선 21세기를 사는 두 인물, 보르헤스 교수와 하칸 교수가 수수께끼를 풀기 위해 부에노스아이레스와 이스탄불을 배경으로 탐색을 이어가고, 다른 한편에선

16세기 이스탄불의 하렘에서 록셀라나가 술탄 술레이만의 마음을 정복하기 위해 미묘한 심리 싸움을 펼친다. 그리고 정복자 코르테스와 그의 애인 말린체, 아즈텍의 황제 목테수마와 쿠아우테모크가 등장하면서 점차 16세기 신대륙의 테노치티틀란에서 벌어진 일이 밝혀진다. 그 밖에도 콜럼버스, 카를 5세, 프랑수아 1세, 하이르 알 딘 바르바로사 등 다양한 역사 속 인물들도 불려 나와 이야기를 풍성하게 채운다.

이렇듯 비밀스럽고 해박하고 익살스럽고 시끌벅적한 이이야기는 소설가 보르헤스를, 움베르토 에코를, 프랑수아 라블레를 연상시킨다.

게다가 짧게 쪼개진 장 머리마다 배치된 보르헤스, 몽테스키외, 셰익스피어, 폴 발레리, 소포클레스, 빅토르 위고, 피에르 로티, 도밍고 파우스티노 사르미엔토, 마르케스, 몽테뉴, 마르그리트 유르스나르, 페드로 칼데론 데 라 바르카, 프랑수아 라블레, 레오폴드 세다르 상고르, 장자 등의 텍스트는 이 작품을 더욱 비밀스런 미로처럼 만든다.

미로의 출구를 찾게 될지 알지 못한 채 이야기를 좇다보면 수수께끼가 풀리고, 놀라운 결말이 독자를 기다린다. 기발한 상상과 역사적 사실을 교묘하게 엮어낸 독창적인 플롯이 돋보이며, 가벼우면서도 밀도 높고 유쾌하면서 신랄한 문체도 단연 빛난다. 공식적인 역사를 발칵 뒤집는 발칙한 상상은 신대륙을 무참하게 유린한 오만과 탐욕의 역사에 대한 일종의 복수처럼 읽힌다. 또한 노예처럼 팔려 다니다 정복자 코르테스의 통역이자 애인이 되어 아즈텍 제국의 배신자로 간주되는 말린체와, 술탄의 하렘에 끌려와 명민하게 자유와 권력을 쟁취해내는 록셀라나를 새로운 시각으로 이야기의 중심에 배치한 것은 짓밟히고 유린당한 모든 약자들의 통쾌한 설욕으로도 읽힌다. 아니면 그저 배를 타고 16세기 테노치티틀란으로, 이스탄불로 떠나는 흥미진진한 여행처럼 읽어도 좋을 유쾌한 이야기다.

알라께서 왕으로 만들어주었더니 주님에 관해 아브라함과

반대 의견을 펼친 자(의 이야기)를 너는 알지 못하느냐?

아브라함은 이렇게 말했다.

"나는 삶과 죽음을 주시는 주님을 믿네."

상대는 말했다. "나도 그렇네. 나도 삶과 죽음을 주네."

그러자 아브라함이 말했다. "그럼 알라께서 해가 동쪽에서 뜨게

했으니 해가 서쪽에서 뜨게 해보게."

코란 258장

우린 둘 다 행복했지요. 당신은 나를 속였다고 믿었고, 나는 당신을 속였으니까요. 당신에게는 아마도 이 말이 새롭게 들리겠지요. 당신에게 고통을 잔뜩 안겨놓고 어찌 또 내가 당신에게 나의 용기를 칭송하라 하겠습니까?

€

록산이 우스벡에게
몽테스키외, 『페르시아인의 편지』

하비에르 레오나르도 보르헤스는 이미 많이 늙었다. 아니면 적어도 오래된 필사본을 그저 습관적으로 들여다보고 있을 정도로 나이가 상당히 지긋했다. '많이 읽고, 중요한 것은 잊는다.' 이는 그가 매일 아침 커피를 마시고 이를 닦는 동안 되새기는 좌우명이었다. 다만 그가 항상 똑같은 것을 다시 읽고 많은 것을 잊는 이유는, 전문가 혹은 심미가로서의 선택이 아니라 기억력에 자주 문제가 생기곤 하기 때문이었다.

비바람이 몰아치던 7월 말의 어느 오후, 하비에르 레오나르도 보르헤스는 부에노스아이레스 대학의 명예교수로서 지성의 무게에 짓눌린 코 위에 안경을 걸친 채, 이스탄불의 한 동료가 15세기와 16세기의 정치 지도자들에 관한 국제학술대회를 준비하기 위해 그에게 보내온 낡은 두루마리들을 뒤적이고 있었다. 세미나는 1년 뒤 알렉산드리아에서 개최될 것이고, 각자의 학문 세계를 겸허하게 뽐낼 전 세계 모든 석학들을 불러 모을 예정이었다. 용맹공 장(부르고뉴 공작 장 1세, 1385~1419)부터 무모한 샤를(부르고뉴 공작 필립 3세의 아들로 루이 11세와 자주 부딪친 부르고뉴 공작, 1433~1477)까지, 발언자들은 마치 검이라도 직접 다루듯 거만하게 대학의 권좌에 올라앉아 옛날의 공포정치를 상기할 것이다. 교황들, 로렌초 데 메디치, 가톨릭 여왕 이사벨라와 카를 5세는 그 악랄한 무리에 당연히 들어 있을 터이다. 누구보다 자부심 강한 J.L. 보르헤스는 자기 자신에 대해 말할 수는 없으므로 위대한 인물에 대해, 멋진 황제 술레이만 술탄에 대해 말할 작정이었다. 40년간 아즈텍에 대해서만 연구했으므로 이 술탄에 대해서 아는 거라고는 쥐뿔도 없었지만 그런 건 대수롭지 않았다. 며칠만 꼬박 매달리면 해결될 것이다.

보르헤스는 눈앞에 정렬된 자료들에 코를, 그 지친 코를 박기 시작했다. 터키에서 그 자료들을 직접 보내준 동료 하칸은 아직 연구된 적 없는 당대 자료들이라고 귀에 못이 박이도록 말했지만, 보르헤스는 극심한 졸음이 엄습해오자 과장 광고 같은 소리려니 하고 생각했다. 그는 술레이만의 자문 보고서에 딸린 샤 쿨리의 페리peri, 주로 잉크와 갈대를 이용해 식물과 동물 소재를 그리는 터키 그림 문양를 유심히 살펴보고 있었다. 터키어 실력이 몇 년 전에 정신이 깜빡 나가서 산 아시밀 기초 교본 수준이었기에 그는 삽화 들여다보는 걸 좋아했다. 1520년에 그려진 스케치는 요정 세계보다도 그다지 현실적이지 않은 피조물들의 숲을 묘사하고 있었다. 나뭇잎들은 매우 정밀하면서도 거침없고 생동감 있는 필치로 그려져 있었다. 아나톨리아의 서재 깊숙이 오래도록 웅크리고 있었을 법한 어떤 무속의 힘이라도 작용했는지 문득 나뭇잎들이 살아 움직이는 것 같았다. 그는 하마터면 현상학적 분석에 뛰어들 뻔했다. 그랬더라면 그의 안경이 서서히 미끄러져 내린 것이 잉크로 그린 그림이 움직이는 현상을 일으킨 가장 유력한 원인으로 밝혀졌을지도 모른다. 그러나 바퀴벌레 한 마리가 갑자기 그림 위로 지나가는 바람에 분석은 중단되었다. 벌레—이건 진짜로 움직였다—가 보르헤스를 마비 상태에서 풀려나게 한 것이다. 그는 손등으로 벌레를 치우고 몇 초 전에 벌레가 있었던 자리를 뚫어져라 쳐다보았다. 그런데 뭔가 석연치 않았다. 식물들 사이에 묘한 불안이 감도는 것 같았다. 그림 왼편에 비죽비죽한 나뭇잎으로 보였던 것이 전체 문양과 이어지면서 이제는 우글거리는 뱀처럼 보였다. 그리고 그 뱀들은 명백히 옷이 되었다. 나무둥치가 아니라 조금 전까지만 해도 그곳에 있었던 두 마리 새보다 확연히 덜 전원적인, 축 처진 젖가슴을 가진 여자의 몸을 두른 치마가 된 것이다.

보르헤스는 그 기이한 존재를 분명히 확인하려고 그림을 유심히 살폈다. 이스탄불에서 직접 보내온 필사본 속에서 아즈텍의 대지의 여신인 코아틀리쿠에가 대체 뭘 하고 있는 거지? 그러나 의심할 여지가 없었다. 각진 얼굴, 알 수 없는 누군가에게 최면을 걸기 위해 부릅뜬 눈동자, 기다란 손가락, 동물의 발톱 같은 손톱, 뱀으로 짠 치마. 코아틀리쿠에의 인상착의와 딱 맞아떨어졌다. 제기랄! 보르헤스는 턱을 긁적였다. 몇 년 전부터 자신의 시력을 믿을 수 없었기에 그는 돋보기를 무기처럼 들고 몸을 숙여 다시 한 번 그림을 들여다보았다. 시각적 환상이 결코 아니었다. 그는 그림을 샅샅이 훑었다. 육안으로는 보이지 않던 아주 작은 글자가 코아틀리쿠에의 치맛단처럼 눈에 들어왔다. 그는 터키어로 해독해냈다. '끔찍했던 870년을 기억하며.' 그해는 그레고리안력으로 1492년에 해당되었다. 터무니없는 일이었다. 그 연도는 명백히 아메리카 정복을 가리키는데 그것과 아즈텍 여신이 어떤 이유로, 언제나 북적이던 오스만 궁정에서 할 일이 상당히 많았을 터키 화가의 정신을 사로잡았을까? 게다가 무엇보다 1520년(판화 제작 연도)에 그 재앙을 기념하기 위해 아즈텍 신화 속 인물을 선택했다는 건 도무지 있을 수 없는 일이었다. 그때라면 아즈텍 제국이 아직 무너지지 않은 때였기 때문이다. 아즈텍 제국의 종말을 야기했다고 추정되는 테노치티틀란 공략은 그로부터 1년 뒤에나 일어났다. 그런데 하칸은 그것이 절대적으로 당대 자료이고 원본 자료라고 장담했다. 보르헤스는 그 자료에 쓰여 있는 카스티야어는 잊어버렸지만, 15년 동안이나 대학에서 철야 연구를 한 끝에 찾아온 이 진귀한 기회, 마침내 이빨로 뭔가를 깨물게 될 기회가 지나가도록 내버려두지는 않을 작정이었다.

그는 자료를 스캔해서 하칸에게 보냈고, 하칸 역시 그 문제에 대해 신중한 태도를 취했다. 그렇다. 날짜는 정확했다. 아니다, 투르케스탄 신화의 어떤 인물을 코아틀리쿠에와 혼동할 리는 없었다. 그렇다. 아메리카 정복 연도를 가리키는 준거는 확실했다. 하칸은 당분간 더 급한 일에 묶이게 되는 바람에 보르헤스가 혼자 고심하도록 내버려두었다.

내 사랑이 머리 위를 떠돕니다,

천국의 새처럼.

나는 세상의 군주가 되었습니다,

걸인처럼 당신의 문을 두드리고.

술레이만이 록셀라나에게 쓴 시

록셀라나는 미소 짓는다. 그녀는 사랑받고 있었다.

인간이 되지 못하고 다른 인간의 꿈에 투사되는 것,

이보다 더한 수모가, 아찔한 수모가

어디 있겠는가!

☾

호르헤 루이스 보르헤스, 『픽션들』

보르헤스는 여신이 어떻게 이동할 수 있었는지 이해하려고 밤낮으로 일했다. 엄밀히 따져보자면, 굳게 닫힌 그의 연구실 문 너머에서 무슨 일이 벌어지는지 정확히 알수는 없었다. 그렇지만 확실하게 단언할 수 있는 건 그가몇 주째 틀어박혀 지내는 걸 볼 수 있었다는 사실이다. 그가 잠을 실컷 잤을 거라고 의심하는 사람들도 있었지만 많은 이들이 그가 칩거한 사실조차 알지 못했다. 어쨌든 그들은 저마다 교수직이라는 산을 오르는 데 너무 골몰한 탓에 15년째 그를 보지 못했다.

사실 보르헤스는 그의 칩거지에서 두 번은 밖으로 나올 수밖에 없었다. 한 번은 화재 경보가 울렸기 때문이었다. 그는 투덜거리며 문을 열었고, 도무지 생각을 할 수가 없다며 소리를 낮추라고 고함을 쳤다. 그의 불평은 기침 발작 속으로 연기처럼 사라졌다. 그는 화가 나서 문을 세차게 닫았다. 대학의 담장을 단번에 모조리 무너뜨릴 것 같은 기세로.

보르헤스가 두 번째로 출현하게 된 것은 일학년 학생들의 멍청한 이야기, 혹은 보르헤스의 말에 따르면 여러 학년이 뒤섞인 멍청한 학생들의 이야기 때문이었다. 걱정 많은 대학 총장은 역사학과의 참담한 중간고사 결과에 화들짝 놀라 비상경보를 발령했다. 몇 명이라도 건져내기 위해 계획을 세워 구명 튜브를 던져야 했지만 실패 규모로 봐서는 낚싯대 정도로는 어림없었다. 그해 초반에는 보르헤스의 불호령을 피하기 위해 그를 개입시키지 않고 문제를 해결하려고 시도했으나 피뢰침 정책은 그저 한시적으로만 통할 뿐이었다. 그리하여 그들은 이 문제의 전문가에게 아즈텍 제국의 몰락에 관한 수업을 요청하지 않을 수 없었다. 그 시대에 관해 간략한 요약 강의만 받아도 학생

들이 입문하는 데에는 꽤 도움이 될 터였다. 총장은 노교수에게 그 일을 제안하기 위해 가능한 모든 수단을 동원했고, 노교수는 고맙게도 그의 뜻을 따라주었다. 그렇게 보르헤스는 경기장으로 들어서게 되었다. 그는 미어터지는 대강의실에 들어서면서 짧은 순간 검투사가 된 기분이었다. 그 짧은 순간 그는 정신을 차리고 더없이 맹렬한 욕망을 다스렸다. 그 난국에서 최대한 빨리 빠져나가고 싶은 욕망이었다. 그는 숨을 깊이 들이쉬고 청중들에게 아즈텍 문명의 종말에 관해 더없이 간략한(결과적으로는 결코 요약판이 아닌) 강연을 시작했다.

"제군들, 받아 적으세요. 두 번 반복하지 않을 겁니다. 첫째, 역사적 사실들입니다. 1519년 에르난 코르테스와 그 말썽꾼 패거리는 오늘날 멕시코라고 부르는 해안에 도착합니다. 그리고 몇 달 뒤에는 대도시 테노치티틀란에 이르러 황제 목테수마를 굴복시킵니다. 이 에스파냐인들은 전투에서 한 차례 이겼을 뿐 아직 전쟁에서 이긴 건 아닙니다. 목테수마의 동생 쿠이틀라우악이 권좌에 올랐지만 바로 잊어버려도 좋습니다. 왜냐하면 금세 사망했으니까요. 마지막 황제 쿠아우테모크는 좀더 오래 버팁니다. 그는 테노치티틀란 포위 공격에서 용감하게 저항하다가 1521년에 생포되었고, 1524년에 죽습니다."

보르헤스는 손목시계를 힐끗 쳐다보았다. 아직 시간이 남아 있었다. 그는 흡족해하면서 똑같은 속도로 말을 이었다.

"둘째, 정복의 원인들입니다. 문제는 유럽인들의 어리석은 식민 야욕과 끝없는 탐욕입니다. 그것을 정당화할 생각은 없지만 그 당시 지구에는 세련된 현대 문명과는 한참 거리가 먼 야만인 무리가 득실거렸고, 그 야만인들의 여가 활동은 대개 서로를 죽이는 걸로 요약된다는 사실을 분명히 밝혀두겠습니다.

셋째, 사용된 수단들입니다. 대포와 온갖 종류의 화기들, 고문, 코르테스와 그 부하들의 감언이설을 들 수 있고, 목테수마가 썩 꾀바르지 못했다는 사실도 꼽지 않을 수 없겠군요. 코르테스 무리를 보고서 목테수마는 강력한 신 케찰코아틀이 돌아왔다고 굳게 믿었기에 경계하지 않았습니다……. 그러니 당연히 좋은 결과를 낳지 못했습니다. 마지막으로 사용된 도구, 가장 인체공학적인 도구는 코르테스의 연인이었던 말린체였습니다. 원주민 가운데 선택된 그녀는 에스파냐어를 금세 익혀 꼭 필요한 존재가 되었습니다. 원주민 태생이었기에 원주민들의 의식을 잠재울 수 있었습니다. 원주민들은 그녀를 동맹이라고 잘못 생각했지요. 그녀가 협상을 한결 수월하게 이끌어냈다는 건 두말할 필요도 없습니다.

넷째, 결과입니다. 제국의 몰락이죠. 아즈텍은 사라졌고, 그 후 멕시코에서는 에스파냐어를 사용하게 되었습니다. 질문 없습니까, 없어요? 감사합니다."

보르헤스는 자리한 학생 전체를 홀린 3분 30초짜리 이 위엄 있는 발표를 마치고 물 한 잔을 들이켜면서 한 손으로 모자를 집어 머리에 눌러썼다. 불의의 난처한 일을 당하지 않고 문으로 가서 그의 성스런 칩거지에 틀어박혀 잠시 손 놓았던 작업에 다시 몰두하기 위한 완벽한 차양이었다.

마침내 평온을 얻게 된 보르헤스는 잠자는 시간만 빼고 끝없는 독서를 이어갔다. 그는 50년간 연구하면서 모아둔, 다시는 불러낼 일이 없으리라 생각했던 오래된 자료들을 서가에서 몽땅 다시 꺼냈다. 너무 오랫동안 함부로 다뤄졌던 그 문서들은 서가를 장식할 만한 자격이 충분했다. 그는 그것들을 방 안에 파노라마처럼 흩어놓은 뒤 참조하고 대조했다. 콘키스타도르(15세기부터 17세기에 걸쳐 아메리카 대륙에 침입한 에스파냐인을 이르는 말)들과 선교사들이 쓴 연대기, 총독부와 외진 코뮌과 지방 행정구의 기록부, 법원의 법령, 공판 보고서, 사적인 편지. 이 모든 것이 그가 되찾은 통찰력의 프리즘을 통과했다. 영원히(혹은 거의 영원히) 해독이 불가능할 것만 같던 몇몇 문장들이 새로운 각도로 보이기 시작했다. 낙담한 나머지 그 모든 아즈텍 사제들과 시인들이 글을 쓰기 전에 마약을 집어 삼킨 탓이라 여겼던 글들이 이제는 의혹을 일깨웠다. 이를테면 1540년 어느 무명 선교사가 남긴 것으로 여겨지는 괴이한 선고문이 그랬다. '해가 지지 않는 제국을 비웃기라도 하듯 쿠아우테모크는 해가 뜨는 곳으로 달아났다.' 코르테스 무리에게 살해당한 쿠아우테모크가 어떻게 갑자기 유골에서 되살아나 달아날 수 있단 말인가? 아니다, 그건 명백히 아즈텍 제국 마지막 후손의 죽음과 부활을 이야기하는 기독교적 해석은 아니었다. 보르헤스는 아마도 신비주의적 충동에 사로잡혀 한순간 그렇게 믿었다. 그 충동이 잠시나마 그의 작업을 수월하게 해주었기 때문이다.

그는 증오의 대상이자 동시에 숭배의 대상이기도 한 대단한 매춘부 말린체의 서한들을 면밀히 검토했다. 그 서한들도 문득 다른 색채를 띠었다. 코르테스의 꼼꼼한 통역관이었던 그녀가 통역 오류를 범했다고 여겼던 것에 어쩌면 훨씬 심오한 의미가 담겨 있는지도 몰랐다. 그는 그녀가 350년 뒤 과테말라가 될 곳의 지도자에게 쓴 편지를 열 번이나 다시 읽었다. 그 서한에는 코르테스의 우직함을 비웃는 말린체의 모습이 드러나 있었다. 순진한 얼간이 코르테스를 흡족하게 만든 원주민들의 가장된 패배가 모호한 언어로 언급되어 있었다. 보르헤스는 말린체가 그 편지에서 공식적인 역사의 여러 음계 틈새로 암시하는 그 무조 음계의 이야기를 읽다가 몇 가닥 남지 않은 머리카락마저 쥐어뜯을 뻔했다. 마지막 지도자인 쿠아우테모크와 쿠이틀라우악이 아즈텍 백성을 속였다는 사실이 암암리에 드러났다. 어째서 두 황제—모든 출처에 따르면 악착스레 저항한 걸로 보이는—가 자기 의무를 저버렸단 말인가? 가련한 보르헤스는 몸에서 열이 오르는 걸 느꼈고, 그 열을 이상하리만큼 습한 오후의 숨 막히는 열기 탓으로 여겨야 할지 알지 못했다. 코르테스가 속은 거라고 이해해야 할까? 그가 아즈텍 제국 마지막 후손들의 덜미를 결코 잡지 못했다고 이해해야 하나?

보르헤스는 손에 잡히는 대로 서류 뭉치 하나를 집어 빠르게 훑어보다가 말린체가 보고서에 은밀히 집어넣은 또 다른 엉뚱한 문장을 보게 되었다. '칭가다(창녀라는 뜻의 멕시코 에스파냐어)의 자식은 사실 우리가 생각하는 사람이 아니다.' 그렇다면 저렇게 우아하게 지목한 창녀의 자식이란 코르테스를 가리킨단 말인가? 그가 읽고 있는 모든 것이 다른 의미를 띠었다. 그 텍스트들은 이제야 비밀을 드러내는 양피지 같았다. 곳곳에서 기만과 거짓, 엄청난 장난이 드러났다. 말린체의 필적조차도 오래도록 침울하고 태연한 세월을 보내고 난 뒤 다른 색조를 띠었다. 콘키스타도르를 도와가며 호의적이었던 그녀가 갑자기 어리석은 연인을 상대로 냉소적이고 신랄하며 타산적이고 냉혹한 모습을 보였다. 말린체는 온 세상이 알지 못했던 걸 알고 있었다. 그러한 은폐가 그녀에게 자기 세계를, 코르테스의 세계를 마음대로 이끌게 해주었을 것이다. 사람들이 오랫동안 덫을 친 속임수에 모욕당한 여성에게는 그 얼마나 즐거운 복수였을까.

보르헤스는 인도를 찾아 나선 계획에서 코르테스의 동료였던 베르날 디아스 델 카스티요의 연대기를 어찌나 자주 들여다보았던지 그녀에 대한 이야기를 달달 외울 정도로 잘 알고 있었다. 말린체라는 이름으로 더 잘 알려진 도냐 마리나는 말하자면 공주로 태어났다. 파이날라 추장의 딸인 그녀는 아버지가 젊은 나이에 세상을 뜨는 모습을 지켜보는 불행을 겪었다. 그녀의 어머니는 다른 영주와 재혼해 아들을 낳았다. 그 영주는 곧 마리나의 존재를 껄끄럽게 여겼다. 이미 후계자로 지목된 아이에게 그녀가 그늘을 드리울 위험이 있었던 것이다. 그는 아내와 합의해 혹시라도 목격자가 생길 위험을 피하기 위해 한밤중에 마리나를 히칼랑고 인디언들에게 넘겨버렸다. 그리고 때마침 젊은 여자 노예 하나가 죽자 그 시신을 가지고 이튿날 마리나가 갑작스레 죽은 것처럼 공개적으로 애도했다. 마리나는 이 손에서 저 손으로 팔려 히칼랑고 인디언들에게서 타바스코 인디언들에게 넘겨졌고, 다시 코르테스에게 넘겨졌다. 그녀는 그 정복자에게 협력할 수밖에 없는 처지에 놓였다. 그녀가 누에바 에스파냐에서 사용하는 여러 언어를 숙달하고 있었기 때문이다.

오늘날까지도 사람들은 그녀가 매춘으로 몸을 더럽혔다고 그녀의 얼굴에 침을 뱉는다. 그러나 어쩌면 모든 것이 얘기된 게 아닌지도 모른다. 역사는 말린체를 정복자들이 좋아할 모습으로 묘사했다. 그녀의 이중적인 면모는 빠뜨리고, 호의적이고 협조적인 말린체로 그렸다. 하지만 아니다. 말린체는 어쩌면 공격을 살짝 피하는 태도를 취했던 건지 모른다. 두 개의 언어, 두 개의 정체성 사이에서 말이다. 그녀는 노예이면서 두 번이나 왕녀였다. 그녀의 언어가 어디로 튈지 모르는 돌차기 같고, 예언과 냉소적인 아이러니 사이에 팽팽하게 묶인 줄타기 줄 같다는 건 결코 놀랍지 않다.

그녀는 속았던 것이다. 그러니 그녀를 학대하고 물건처럼 교환한 그 파렴치한 인디언들, 그녀 나라의 사람들도 똑같이 당해야 할 것이다! 그들도 굴종을 강요당하고 더럽혀져야 할 것이다. 그것도 아무에게나 당하는 게 아니라 배신의 극치로써 이방인에게 당해야 한다. 그리고 그

잘난 이방인도 속아야 한다. 그 작자는 아즈텍 제국과 그 모든 후손들을 말살했다고 우쭐해할 것이다! 그야말로 미친 짓이다. 하지만 미치지 않고서야 한 제국을 그렇게 송두리째 없앨 작정을 할 리 없다. 그리고 그건 그녀 혼자만이 아는 사실이었다. 그 에스파냐인은 너무 고집스럽고 태도가 지나치게 단호해 속이 빤히 들여다보였다. '리오하 포도주는 언제나 염소 가죽 냄새를 풍기는 법이다.' 두 세계 사이에서 그녀는 베일을 쓴 채 가장자리에 머물며 두 세계 모두를 주도했다. 그녀는 지켜보았다.

연인의 도움이 없었더라면 신세계를 정복할 수 없었을 거라고 코르테스가 우레와 같이 외친 건―도냐 마리나가 어쩐지 불안을 감추고 있다고 의심했던 자신만만한 태도로―기막히게 맞는 말이었다. 그러나 그녀가 미소를 띤 채 그를 미련한 허영심에 빠지도록 내버려두고 있다는 사실을 그는 알지 못했다. 그가 모르는 무언가를 그녀가 알고 있다는 건 알지 못했다. 쿠아우테모크는 죽지 않았고, 그가 고문한 용감한 남자는 쿠아우테모크가 아니었으며, 아즈텍의 마지막 황제를 그가 제거한 게 아니라는 사실을 말이다. 보르헤스의 이 직감은 시시각각 커져갔다. 필

사본 하나하나가, 단어 하나하나가 그에게 새로운 시각을
제공했다.

도취감에 빠져 3주를 보낸 끝에, 혼자서 틀어박힌 채
광기에 빠질까봐 겁이 난 그는 친구이자 동료인 하칸에게
전화를 걸어 점점 더 확실해지는 자신의 가설을 알리고
도움을 청하기로 마음먹었다.

그는 그 친구와 전화 통화를 시도했고, 전혀 뜻밖의 시
공간과 접하게 되었다. 부에노스아이레스의 한밤중에 이
스탄불 그랜드 바자르의 시끌벅적한 소란에 휩싸인 하칸
과 통화하게 된 것이다. 뚝뚝 끊기는 대화를 이어가기도
힘들었고, 양탄자와 램프 틈에서 하칸은 보르헤스의 은밀
한 간청이 무엇인지 감조차 잡지 못했다. 하칸은 그에게
잠깐 기다려달라고 부탁하고 상인과 관광객들 사이를 헤
집고 길을 터나갔다. 그러다 뜻밖에 계단을 만나자 올라
갔고, 갈림길에서 꺾은 다음 막힌 골목으로 접어들어 녹
슨 문이 보이자 밀고 들어가 다시 계단 몇 개를 올라가
술탄 아흐메드 모스크가 고스란히 내려다보이는 지붕 위
에 이르렀다. 우글거리는 무리의 머리 꼭대기 몇 미터 지

점에서 마침내 혼자 있게 된 것이다.

하칸은 이제 그의 친구가 환각 상태에 빠진 게 아닌가 싶을 만큼 떨리는 목소리로 자신에게 알리려던 얘기를 들을 참이었다. 그런데 그건 인간이 헤아릴 수 없는 알라의 길들을 고려하지 않은 처사였다. 하칸은 아잔(이슬람교의 예배 시간을 알리는 소리)을 완전히 잊고 있었던 것이다. 확성기가 지지직거리더니 갑자기 단조로운 목소리 하나가 쩌렁쩌렁 울리며 오래된 부름을 마치 이제 막 지어낸 양 새롭게 되풀이했다. 주변의 여남은 개 모스크 중 하나에서 외치는 승려의 소리는 한술 더 떠서 있을 법하지 않은 교리까지 즉흥적으로 지어냈고, 그걸로 끝이 아니었다. 조금 더 멀리서 수십 개의 목소리들이 포개져 들려오면서 웅장하고 무시무시한 불협화음을 만들어냈다. 그 목소리들은 땅속에서, 시장과 거리의 배 속에서 태어나 날아오르길 갈망했고, 소란에서 빠져나와 알라의 귀에 도달하려고 서로 밀치며 싸웠다.

보르헤스는 휴대전화에서 발산되는 기이한 포효밖에 듣지 못했다. 전화기의 잡음은 점점 더 견디기 힘들어졌다. 그는 결국 전화선 보급이라는 불확실한 요소도 또 다른 문제라고 생각하며 전화를 끊을 수밖에 없었다. 아주 오래전에 코르테스가 맞닥뜨렸던 문제, 까다로운 번역 문제만큼이나 골치 아픈 문제라고 생각하며.

아닙니다, 나는 예속 상태로 살 수도 있었지만
언제나 자유로웠습니다. 나는 자연의 법인 당신의 법을 개혁했고,
언제나 내 정신의 독자성을 지키며 처신했습니다.

록산이 우스벡에게
몽테스키외, 『페르시아인의 편지』

록셀라나는 술레이만이 하렘에 들어서던 그날을 언제
나 기억할 것이다. 그녀는 서툰 손길로 류트를 길들이려
애쓰고 있었다. 악기는 고집을 부렸고, 조련사도 호락호락
하지 않았다. 술탄이 오후 다섯시경에 성소로 들어서자
여자들은 모두 그를 향해 달려갔다. 그야말로 망설임 없
는 자발적 노예들이었다. 여자들의 천박한 과시가, 목숨을
건 싸움이 시작되었다. 술레이만에게 구애 행동을 하거나
페르시아 과자를 건네며 그의 관심을 끌려고 애썼으며,
물담배를 함께 피우자고 청하고, 모든 경쟁자들을 단칼에

제거하려고 미소를 띤 채 속눈썹을 단도처럼 놀리기도
했다. 비둘기들은 표범을 두고 이미 싸우고 있고, 황소는
외롭다첫 구절 '오후 다섯 시였네'로 잘 알려진 페데리코 가르시아 로르
카의 시 「쇠뿔과 죽음」을 왜곡해 인용한 것.

록셀라나는 악기를 연주하려고 애쓰며 앉아 있었다. 거
침없고 초연한 태도로. 어쩌면 호기심이 동했는지 아니면
자존심 때문인지(내게 관심을 보여야 마땅한데 달려오지
않는 저 여자는 대체 누구지?) 술탄이 다가오더니 그녀에
게 말을 걸었다. 록셀라나의 대답은 짧았고, 일부러 마무
리 짓지 않고 얼버무려 말이 입술에 걸려 있는 듯했다.

술레이만은 그녀를 더 알고 싶어 계속 질문을 던지고
주목했다. 록셀라나의 말은 절제에서 눈에 띄지 않게 재
간으로 넘어갔고, 재빠르게 벌처럼 쏘고는 마치 그렇게
쏜 것이 환상이었던 듯이 다시 거리를 두었다. 술레이만
은 지혜로운 행동이 이 여자를 아름다워 보이게 한다고
생각하다가 스스로 흠칫 놀랐다. 두 사람 사이에 사랑의
묵계는 분명히 이 날 생겨났다.

술탄이 몇 시간 동안 노예 여자와 대화를 나눈 뒤 경기
장을 떠날 때 여자들은 모두 떨리는 눈길로 그를 좇더니

이내 록셀라나를 뚫어져라 쳐다보았다. 록셀라나는 아무 일도 없었다는 듯 눈썹 하나 꿈쩍 않고 류트를 다시 집어 들었다. 그러나 내심 기뻐서 어쩔 줄 몰랐다. 저들은 정말이지 처신하는 법을 알지 못했다. 그들은 슬쩍 뺄 줄은 모르고 죽도록 노만 저어댔다. 그러나 그녀는 술탄의 마음을 얻을 것이다. 그녀는 자기 확신에 차서 여자들을 관찰했다.

록셀라나는 예측이 불가능한 여자였다. 정말 솔직히 말하자면 그녀는 다른 사람들은 물론이고 스스로도 자기 속을 헤아릴 수 없는 사람이었다. 그녀는 본능적으로 행동했고, 직감에 따라 반응했으며—그녀의 직감은 옳았다—, 그래서 스스로 오랫동안 생각해온 것과 다른 말을 하거나 다른 행동을 하는 자신을 현장에서 발견하고 종종 놀라곤 했다. 상황이 그녀에게 해답을 제공했기 때문이다. 마치 졸고 있던 고양이가 지나가는 쥐에게 몸이 이끄는 대로 덤벼드는 것과 같았다. 록셀라나는 원초적인 동물성을 억누르지 못했다. 그러한 본능은 그녀를 난처하게 만드는 게 아니라 도움이 되었다. 똑똑한 그녀는 피가 말을 할 때 지성을 입 다물게 할 줄 알았다.

그렇게 그녀는 차츰 무장을 해제했다. 애초에 떠나올 때만 해도 술탄을 옭아매어 떠돌 수밖에 없었던 자신의 그 모든 세월에 대한 대가를 치르게 할 생각이었는데 말이다. 왜냐하면 그녀는 타타르족에 납치당해 고향 땅과 아버지의 곁을 떠나올 수밖에 없었고, 이곳저곳 떠돌다가 이스탄불에 이르러 장차 술탄이 될 술레이만의 하렘을 채우도록 선택되었기 때문이다.

그 시절 록셀라나에게는 오직 한 가지 바람밖에 없었다. 격분한 심장의 박동을 주먹질로 표출하는 것. 그리고 마치 꽃을 꺾듯이 여자들을 하렘으로 납치해 버려져 시들어가게 만든 음흉한 자들, 여자들을 고향 땅에서 끌어내 옷을 벗기고 의지를 빼앗는 것을 풍류라 여기고, 점잖은 척 진지한 척 어리석은 교만에 차서 그녀를, 록셀라나를 순종하게 만들 수 있으리라 생각한 비열한 자들의 가슴에 그 주먹질을 날리는 것. 그녀를 둘로 접고 넷으로 접어 그들의 욕망에, 술탄과 다른 사람들의 욕망에 응하게 할 수 있으리라 생각한 자들. 그 작자들을 꺼져버리게 할 생각이었다. 몇 명이 되었건 모조리. 그녀는 그들이 겁나지 않았다. 그녀의 동물성 피가 다시 한 번 불끈 솟구치기만 한다면.

그러나 그녀의 맥박은 날이 갈수록 느려졌다. 헐떡임도 점차 잦아들었다. 그녀는 숨을 깊이 들이쉬었다. 그리고 강한 대처가 자기에게 이득이 되지 않는다는 걸 깨달았다. 그녀는 은밀한 저항은 고수하되 겉으로는 자기 신념을 치워버렸다. 훨씬 더 정교하게 행동해야 했다. 협조적인 태도를 보여야 했다. 원한을 아주 조금씩 주입해야 했다. 바클라바(터키 과자) 속에 독을 주입하듯이. 그들을 아주 서서히 잠재워야 했다. 술탄의 마음을 사야만 했다. 술탄의 정신을. 그의 의지를. 고개를 조아리고 하렘에서 그의 발에 입 맞추며 그를 손아귀에 넣어야 했다. 능수능란해져야 했다. 예측 불가능하고 신속한 동작으로 몸을 숙이고, 류트 현을 뜯듯이 꼭두각시를 다루는 법을 익혀야 했다.

그녀는 몸과 영혼을 바쳐 그 일에 뛰어들었다. 이것이 록셀라나 같은 사람에게 어떤 의미인지는 곧 알게 될 것이다. 너무 몰두한 나머지 결국 마음까지 빠져들어 그녀는 자신의 게임에, 자신이 파놓은 덫에 걸려들고 말았다. 몸과 영혼은 항복의 나팔을 울리며 물러나지 않을 수 없었다. 예기치 않게 마음이 승리를 거둔 것처럼 보였다. 현기증이 아찔하게 느껴질 정도였다. 그녀는 자신의 원한 꼭대기에서 거만하게 내려다보며 격렬하게 부인했지만 사랑에 빠지고 만 것이다.

그녀는 황망히 이성에 도움을 청하려 시도했다. 너무도 어수선한 호소여서 아무 소용이 없었다. 그러나 록셀라나는 타고난 기질을 누르고 인내심을 갖고 있었다. 어느 날 오후, 해가 보스포루스 쪽으로 뉘엿뉘엿 기울 때 그녀는 무기력 상태에서 벗어나 결정을 내려야겠다고 마음먹었다. 그녀가 그곳에 있는 건 무엇보다 자신의 목숨을, 자신의 명예와 계획을 구하기 위해서였다.

점심 바구니에서 떨어진 듯한 무화과 하나가 쿠션 옆에 놓여 있는 것이 눈에 들어왔다. 그녀는 그걸 집어 들었고, 칼을 가져와 과일을 잘랐다. 과일의 심장이 열리자 과육과 핏빛 과즙이 튀어나왔다. 그녀는 펄떡거리는 심장을 채우고 있는 조그만 씨앗 하나를 예리한 칼끝으로 끄집어냈다. 도자기 항아리에 칼날을 대고 문질렀다. 씨앗이 떨어졌다. 그녀는 필요한 만큼 같은 동작을 반복할 태세였다. 집요하게 매달릴 작정이었다. 향기로운 과육에 붙어 있는 씨앗 하나하나를 셀 작정이었다. 머리에서 즉각적인 열정을 비우고 나면 합리적인 결정을 내릴 수 있을 것 같았다.

록셀라나는 과일 반쪽을 마구 헤집고 난 뒤 남은 반쪽을 먹었다. 지치도록 이 놀이에 몰입했건만 오늘은 궁극의 지혜가 찾아오지 않을 것 같았다. 외과적인 행위로 충동과 이성을 분리하려고 덤비는 건 아무래도 성급하고 헛된 일이었다.

그렇다. 그녀는 술레이만을 사랑했다. 어쩌면 그 사실을 체념하고 받아들여야 했다. 어쩌면 그로부터 끌어낼 수 있는 더 나은 방책이 있을지도 몰랐다.

술레이만은 그녀를 선택했다. 그것은 모두의 눈에 명명백백한 일이었다. 그녀 역시 이성과 어긋나게 결국 그를 선택하고 말았다. 그러니 그녀는 그에게 저항하고 자신에게 저항하기보다는 그를 완전히 사로잡을 것이다. 그를 독

점할 것이다. 그러는 편이 현실적인 승리가 될 것이다. 따르고 복종하길 거부하는 것, 그녀의 행동 방침이 될 뻔했던 거부만큼이나 현실적인 승리가 될 것이다.

그 알레프는 돌멩이 속에 있을까?

내가 모든 걸 보았을 때

그걸 보고도 잊은 걸까?

☾

호르헤 루이스 보르헤스, 『알레프』

하비에르 레오나르도 보르헤스는 여전히 바쁘게 일했
다. 자신이 세운 가설—샤 쿨리의 그림대로 믿어보자면
쿠아우테모크는 코르테스의 손에 죽지 않았고, 아마도
아즈텍의 신과 여신들을 배에 싣고 동쪽으로 달아났으리
라는 것—이 역사적 사실일 것이라고 내심 확신한 그는
이제 그 증거들을 찾아내야 했다.

어쨌든 몇 시간 뒤 흥분이 가라앉자 자신이 50년 동안
이나 초롱으로 여긴 것이 방광이었다는 생각이 떠올라
조금은 씁쓸했다. 그는 50년 동안 멕시코 역사에 관해 시
시껄렁한 잡문만 써왔다는 생각이 들었다. 가짜 정복이라

는 조야한 이야기에 훌륭한 장식가로서 여기저기 장식을 덧붙여온 것이다. 훌륭한 연구자는 사실 언제나 훌륭한 연금술사다. 연구자는 가설과 직관과 몇몇 증거를 가지고 믿을 만한 철학 이야기를 지어내길 열망한다. 그러나 보르헤스는 그런 생각에 동조하지 않는다. 누에바 에스파냐의 지도에서 쿠아우테모크를 쓸어가버린 거대한 돌풍 이후로 갈피를 잃은 그는 오직 한 가지 생각밖에 하지 않았다. 실용적인 생각이었다. 인정받은 학자로서 자신의 과업을 마무리 지으려는 것. 신화를 세운 그가 이제 그 신화를 파괴하려는 것이다. 그렇기에 겉보기와 달리 그 작업은 단연코 대단히 까다로운 일이었다.

우선 그가 며칠 전부터 끓이며 휘젓고 있는 배양액에 부채질을 하려면 기필코 새로운 요소들, 새 단서들이 필요했다. 멕시코로 이동할 생각만 해도 벌써부터 피로가 몰려왔다. 늘 편안한 걸 좋아해서 움직여야 할 때마다 내키지 않아했는데, 그 증세는 나이가 들면서 더욱 심해졌다. 그래서 그는 그의 연구를 돕는 전임강사를 포함해 제자 몇몇을 불렀다. 그리고 그들에게 자기 의향을 모호하게 털어놓았다. 호기심을 일깨우기에는 넘치지만 그가 어디로 가려는 건지 이해하기에는 부족할 정도로만. 모임이 끝나자 제자들은 자기들끼리 말을 주고받은 뒤 한 가지 점에는 의견 일치를 보았다. 그들이 멕시코시티로 떠나야 하고, 도서관들을 샅샅이 훑어야 하며, 쿠아우테모크나 말린체가 언급된 그 시대 텍스트들을 모조리 읽고 하나하나마다 세밀한 보고서를 작성해야 한다는 것이었다.

사실 보르헤스는 황제가 그렇게 감쪽같이 증발할 수는 없다고 내심 확신하고 있었다. 이런 차원의 불가사의는 분명 어딘가에 흔적을 남겼을 것이다. 왜 그리고 어떻게 쿠아우테모크가 제국을 포기했으며, 마치 황제가 코르테스의 손에 죽은 것처럼 대역 연기를 한 들러리가 누구였는지 알아내지 못한다면 보르헤스는 결코 발 뻗고 잘 수 없을 것이다. 그러나 그는 이 모든 사실을 공유하지 않으려고 조심했다. 따라서 그는 자신의 모호한 태도가 학문적으로 비치길 바라며 양파처럼 일렬로 늘어선 소중한 제자들에게 그만 가보라고—너그러운 표정으로—말했다.

문이 닫히자 첫 번째 제자는 이미 막중한 일에 짓눌려 있었기에 투덜거렸고, 두 번째 제자는 아내에게 두 아들만 데리고 등산을 가라고 어떻게 알릴지 고심했고, 세 번째 제자는 전공을 바꿔야 하는 게 아닌지 진지하게 고민했다. 대학이여 안녕, 고마웠어요. 우울증 치료제가 들어 있던 그의 약병이 거의 비었다는 건 고려하지 않더라도 말이다.

그들은 이틀 뒤 3주 일정으로 떠났다. 그리고 빈손으로 돌아왔다.

보르헤스는 툴툴거리며 그들을 무능력자 취급했다. 내가 직접 나서지 않으면 도대체 되는 일이 없어. 젊은 놈들이 도무지 일을 할 줄 몰라. 그러니 세상이 이 꼴인 게 당연하지. 어쨌든 대학은 글러먹었어. 오래전부터 해온 말이지만 이 아마추어 무리들이 대학을 살리지는 못해. 게다가 말린체 때문에 정말로 화가 치민 나머지 그는 멕시코시티행 비행기 표를 끊을 작정이었다. 그동안 세상 반대편에서 보르헤스가 부탁한 임무를 수행하던 하칸도 딱히 내세울 만한 성과를 얻지 못했다. 아무리 뒤져봐도 그 당시의 어떤 필사본이나 어떤 문서도 아즈텍 황제가 은밀히 오스만 땅으로 건너간 일을 언급하고 있지 않았다. 그는 행여 하나라도 단서를 놓쳤을까봐, 술레이만의 이야기를 다시 그린 사데딘의 필사본을 일곱 번이나 반복해 읽었다.

명백한 사실을 인정해야만 했다. 늙은 교수가 꿈꾸었던 지구적 지성의 조직망은 고생스레 헛발질만 하고 있었다.

거기까지, 내 영혼이여,

조용히 거기 머물라!

❁

윌리엄 셰익스피어, 『햄릿』

록셀라나는 인내심을 갖고 계획을 꾸몄다. 그녀는 발톱
을 숨기고, 침실 담당 일등 신하인 이브라힘과 우정을 다
졌다. 예전에 그녀는 그의 노예였다. 그가 그녀를 술탄에
게 바치기로 결심하기 전까지는 말이다. 이제 그는 그녀의
최고 공모자였고, 비정한 후궁 세계에서 그녀에게는 반쪽
과도 같은 존재였다. 그녀는 섬세함을 발휘해 술레이만의
어머니 아이세 하프사 술탄의 마음까지 정복했다. 이 두
열쇠만으로도 톱카피 왕궁의 모든 문을 열고 술탄의 전
적인 신뢰를 얻게 될 것이다.

어린 루테니아 노예는 그녀 이전에는 누구도 감히 성공
의 망상을 품지 못한 지점에서 성공을 거두었다. 그녀는

그저 상대보다 한 발짝 더 내디뎌 권좌에 앉게 될 터였다. 일단 술탄의 마음을 얻자 그녀는 이슬람으로 개종하겠다고 선언했다. 갈리치아의 사제인 그녀의 아버지가 딸이 마호메트에게 마음을 내준 사실을 알았다면 수염으로 그녀의 목을 졸랐을 것이다. 그러나 그녀는 알라의 신도가 되면서 자유인이 되었다. 그리고 사랑하는 연인에게 자유롭고 신실한 여신도는 술탄이 마음대로 좌지우지할 수 있는 매춘부가 아니라고 대단히 논리적으로 말했다. 이젠 그녀도 할 말이 있었다. 그는 앞으로 더 이상 그녀를 보지 못하든지 아니면 결혼을 해야 할 것이다.

술레이만은 적잖이 당황했다. 이런 일이 벌어지리라고는 예상하지 못했던 것이다. 따라서 그는 전통을 거스르고 그녀와 결혼했다. 그에게 달리 선택의 여지가 있었겠는가? 술탄은 여자들을 알고 애첩들을 거느리지만 결혼은 하지 않는다. 이 예외는 록셀라나의 게임 규칙을 굳건히 해주었다.

록셀라나는 한껏 기교—정치적 기교인지 아니면 사랑의 기교인지 해석이 분분하다—를 부려 연인에게 끊임없이 조언을 건넸고, 연인은 그녀의 말에 열렬히 귀 기울였다. 그녀는 그의 오른팔이 되었다. 오스만 제국 전역의 긴장감 도는 관계에서 이런저런 화음을 연주할 정도로 높은 팔이었다. 밖에서 보면, 판지로 만들어진 가짜 배경이 눈에 보였다. 남성성에 집착하는 그 모든 군주들이 수치심 때문에 그 사실을 공개적으로는 인정하지 않을지라도 말이다. 그러나 그들은 아무도 속이지 못했다. 이 터키 대제의 뜻을 굽히려고 안달하는 유럽의 서신과 선물들은 사실 모두 이 위대한 터키 여인에게 보내진 것이었다. 대사들은 록셀라나만 그들의 입장에 동조해준다면 톱카피도 동조하리라는 걸 알았기에 더욱 세심하게 주의를 기울였다. 술탄은 언제나 자신의 옛 노예였던 그녀 편에 섰다. 록셀라나는 콘스탄티노플을 다시 태어나게 했다. 콘스탄티노플과 그 도시를 지키는 여제는 파리, 로마, 사비카 언덕을, 그리고 다른 경쟁자 여인들을 압도할 것이다.

저들은 내게 말했습니다.

당신의 학식이 당신을 인간들 사이에서

빛나는 밤으로 만듭니다.

그래요, 아름다운 달빛으로 빛나는 밤 말이에요.

나는 대답했지요. 듣기 좋은 빈말일랑 그만두세요.

생계 수단을 갖추지 못한 학식은 육신 없는 유령일 뿐입니다.

가난한 자는 언제나 딱한 처지에 있습니다.

계속 살아가려면 얼마나 많은 고통을 견뎌야 할지요!

☾

『천일야화』

오랜 친구를 위한 일이 아니었다면 하칸은 오래전에 탐
구를 포기했을 것이다. 쿠아우테모크가 동양에서 체류했
으리라는 생각은, 물론 대단히 구미가 당기지만 황당무계

하고 증거가 빈약한 이야기였다. 이따금 하칸은 늙은 보르헤스가 살짝 노망이 든 게 아닌지, 그와 통화하던 날 그 친구가 페르네 브랑카를 너무 많이 마셔서 잔뜩 들떠 있었던 게 아닌지 의심이 들었다.

그러나 어쨌든 그는 8월에는 한가하게 지냈다. 최근 저술은 몇 주 전에 이미 끝내놓았고, 대학 개강도 아직 멀어서 무익한 탐구를 하는 사치를 스스로 허용할 수 있었다. '휴가는 보내야만 하고, 그렇기에 알라께서는 위대하시다알렉상드르 비알라트, 1961년 9월 5일자 시평.' 적어도 그는 그렇게 자기 자신을 설득하려고 애썼다. 아무래도 차 한 잔이나 물담배를 앞에 두고 보스포루스 해협 물가의 양지바른 계단에 앉아 있는 그 모든 사람들이 조금은 부러웠기 때문이다.

그동안 그는 도서관의 고서 장서에 자유로이 출입하는 특권을 누렸다. 그것은 귀빈들만이 누리는 특권임에는 틀림없었다. 그러나 필사본들이 손상될 위험 때문에 햇빛을 차단하고 인공 조명 아래서만 며칠을 보냈더니 모두를 골고루 비추는 햇살이 참으로 탐났다……. 매일 저녁 그가 성과 없는 작업으로 고상한 하루를 마치고 세상으로 올라오면 태양은 그를 비웃기라도 하듯 해협 속으로 퐁당 빠져버리곤 했다.

곰팡이가 슬어 읽기 힘든 종이 더미(어쩌면 종종 잠자리에서 빠져나와 도심 골목을 어슬렁거리는 보스포루스 바닷물의 무례한 처신에 희생된 건지도 모른다) 속으로 말을 타고 말없이 산책을 이어가던 어느 날 오후 하칸은 그만 지긋지긋해지고 말았다. 그래서 약속을 깨뜨려야겠다고 마음먹었다. 다행히 보르헤스에게 이 이야기에 관해 아무에게도 말하지 않겠다고 전화로 맹세하면서, 신에게 그 말을 바친다는 의미로 코란에 손을 얹지는 않았다.

그는 믿을 만한 오랜 동료를 찾아갔다. 동료는 그의 방문에 기뻐하며 사과차나 한잔하자고 권했다. 두 사람은 거실에 자리 잡고 앉았다. 거실의 낡은 장식을 보자 하칸은 그의 부모님 집이 떠올랐다. 절로 미소가 떠오르고 마음이 푸근해졌다. 인사치레는 건너뛰고, 동료 장녀의 임박한 결혼 문제부터 시작해 병든 모친의 건강 문제, 두 사람이 대학에서 하고 있는 작업에 관한 얘기로 대화를 이어갔다. 하칸은 그 동료와 맺고 있는 진솔하고 정중한 관계를 언제나 높이 평가했다. 초연한 표정 아래 감춰진 우월

의식이나 의례 같은 건 전혀 없었다. 그래서 대화는 거의 자연스런 흐름을 따라 하칸의 관심사로 이어졌다.

그는 최근에 겪은 황당한 일에 관해 얘기했다. 그러곤 에스파냐-아메리카 문제나 식민지 문제에 관해 잘 알려지지 않은 국립 고문서 보관소나 전문적인 사립 도서관이 있는지 물었다. 16세기의 터키 역사가들이 신세계에 관심을 가졌었는지도 알고 싶어했다. 살짝 정신 나간 탐험가들이 그 옛날 인도 길을 편력한 뒤 다시 비단길로 떠나 이스탄불에 들렀다가 정체를 숨긴 어떤 인물들에 관한 소식을 가져온 건 없었는지 알고 싶어했다. 마르코 폴로처럼 어떤 잊힌 인물이 아즈텍 황제들의 온갖 비밀과 계략을 털어놓은 『서인도 견문록』을 쓴 적은 없는지 알고 싶어했다. 그의 친구는 그저 고개를 저었고, 온정 가득한 눈길로 하칸을 바라보다가 태양 쪽으로 겸허히 시선을 떨구었다. 하칸은 점차 말이 잦아들었고 질문도 서서히 메말라갔다. 동료는 그에게 차를 한 잔 더 따라주었다.

하칸이 이미 문지방을 넘어서던 찰나에 늙은 터키인 동료가 그를 붙잡았다. 문득 추적해볼 만할 실마리가 떠올랐던 것이다. 그는 므두셀라(에녹의 아들이자 노아의 할아버지인 구약성서 속 인물) 시절부터 이집트 바자르에서 노점을 운영해왔고, 신세계에 열정을 쏟아온 상인을 기억해냈다. 그 상인은 한동안 대서양 반대편에서 온 것이라면 수중에 들어오는 모든 것을 수집했다. 그는 그의 가게에 들어오는 다양한 물건들을 전문적으로 분류하지 않는 물신숭배자였는데, 값진 문헌을 입수한 적도 여러 차례 있었다. 어쩌면 그가 하칸의 굶주린 이빨 아래 넣어줄 무언가를 가지고 있을지도 몰랐다.

어쨌든 하칸으로서는 달리 탐색해볼 길도 없었다. 그리하여 궁여지책으로 바자르를 찾았다. 그는 동료가 일러준 상점을 찾느라 적잖이 어려움을 겪었다. 시장 골목에 들어서지 않은 지 벌써 몇 년이나 되었던 것이다. 사람은 아무도 없었다. 그가 툴툴거리고 있을 때 웬 노인이 눈에 띄었다. 담배꽁초를 막 집어던지고 검은 문으로 들어서려던 노인은 마치 골목길 끝까지 걸어오는 데 영원의 시간이라도 가진 듯 노인 특유의 느린 걸음으로 그를 향해 다가왔다. 운 좋게도—운이 필요한 순간들이 있다—바로 그 노인이 하칸의 동료가 말한 바하디르 일디림이었다. 하칸은 그에게 인사를 건넸다. 그는 자신을 멕시코의 콜럼버스 발견 이전 시대와 식민지 시대를 전공한 역사학자라고 소개했다. 그리고 그쪽에서 온 자료들을 수집한다는 얘기를 들었다고 말했다. 혹시 제게 보여줄 만한 흥미로운 물건을 갖고 계신지?

바하디르 일디림은 곰곰이 숙고하더니 애석한 표정으로 고개를 저었다. 그러다 금세 그의 얼굴이 밝아졌다. 그는 무언가를 떠올리고는 검지를 추켜세웠다. 그러곤 하칸이 아직 관찰하지 못한 상점 안쪽에 놓인 트렁크를 향해 갔다. 온갖 물리법칙에 도전하는 질서 가운데 책 더미 위에, 쟁반 위에, 찻주전자 위에 양탄자들이 쌓여 있었다. 여기, 이걸 좀 보시오. 어쩌면 선생이 흥미로워할지도 모르겠군. 노인은 그 도시 길고양이의 절반은 집어넣을 수 있을 것 같다 해도 결코 과장이 아닐 만큼 큰 트렁크 속을 뒤적이더니 몇 분 뒤 뒤틀린 담뱃대처럼 보이는 물건을 하칸에게 내밀었다.

하칸은 종교재판관의 눈길로 그것을 받아 들고는, 상인이 그를 우롱하는 건지 아니면 그 담뱃대에서 인도의 요정이라도 튀어나와 그의 고심을 해결해줄지 생각했다. 노인은 흡족한 얼굴로 가슴 위로 팔짱을 낀 채 하칸이 그 물건을 보고 졸도라도 하기를 기다리는 듯했다. 하칸은 자신이 찾는 것과는 전혀 상관 없는 물건이라고 말했다. 적합한 물건이 아니라고.

바하디르 일디림은 그 담뱃대를 건네고 기대했던 반응을 얻지 못하자 버럭 화를 냈고, 백여 푼의 터키 리라가 날아간 데 더더욱 실망해서 응수했다. 적합한 물건이 아니라 흥미로운 물건을 요구하지 않았느냐고. 이건 분명 흥미로운 물건이라고. 아마도 우리 두 사람은 흥미로운 물건에 대해 생각이 같지 않은 모양이라고. 그렇게 고도로 전문화된 탐구에만 몰두하다간 살아가면서 수천 가지를 흘려보내게 될 테고, 그건 대단히 애석한 일일 것이라고 말했다. 바하디르 일디림은 자신이 헤아려온 세월, 세다가 포기한 세월을 볼 때 자기 말은 믿어도 좋다고 했다.

하칸은 하마터면 그의 얼굴에 담뱃대를 집어던질 뻔했다. 그러다 마음을 고쳐먹었다. 그는 더없이 위선적인 사과의 말을 건넨 뒤 바하디르 일디림에게 정말로 그의 작업에 도움이 될 만한 아무 자료나 어떤 서류 쪼가리도 없는지 물었다. (물론 그 담뱃대의 무한한 아름다움을 문제

삼는 건 결코 아닙니다.)

바하디르 일디림은 정수리를 긁적였다. 정말로 '흥미로운' 걸 찾는다면, 몇 년 전에 코르테스가 온갖 이름 모를 사람들, 난 잘 모르지만 아마도 높은 사람들에게 보낸 행정 서한이 담긴 상자를 판 적이 있는데, 그걸 산 사람을 찾아보는 게 좋을 거요. 16세기에 어느 상선과 함께 온 문서라고 하더군요. 그게 사실인지는 나로선 알 수 없지만 전설 같은 얘기가 재미있어서 난 믿었지요.

하칸은 그의 말을 자르지 않으려고 꾹 참았다. 그는 노인이 얘기하도록 내버려두었다가 슬쩍 끼어들어 마음에 걸려 있는 질문을 던졌다. 그 상자를 구매한 사람이 누구였습니까? 바하디르 일디림은 머뭇거렸다. 그 거래는 15년 전에 이뤄졌고, 구매자는 어느 대학교수였다. 그건 기억하고 있었다. 그러면 그 사람 이름은? 바하디르 일디림은 상자 더미 뒤로 사라졌고, 뭔가 뒤적이는 소리가 들리더니 먼지투성이에 기름얼룩이 묻은 커다란 장부 하나를 들고 돌아왔다. 로쿰 사탕을 담는 접시로 사용한 모양이었다. 상인은 하칸에게 상점을 연 이래 이루어진 모든 거래를 그 장부에 기록해왔다고 설명했다. 그는 자신의 노고를 자랑스러워하는 듯했다.

그는 이름과 숫자가(그리고 기름얼룩이) 빼곡한 백과사전을 펼쳤고, 지켜보는 사람이 견디기 힘들 만큼 느린 속도로 바스락거리는 페이지들을 넘겼다. 5년을 기다린 끝에(노인은 무한한 희열을 느끼며 365페이지를 한 장씩 다섯 해나 넘겼다) 그는 손가락으로 어느 이름을 가리키며 고개를 들고 하칸을 향해 웃었다. 여기 있네요! 루사르 쳴릭. 하칸은 이름을 적은 다음 바하디르 일디림에게 깊이 감사했고, 보답으로 담배 한 줄을 사주고 서둘러 시장을 빠져나왔다.

이제 전화번호부를 찾아야 했다. 아직 살아 있는 루사르 쳴릭이라는 사람을 찾을 확률은 거의 희박하지만. 바하디르 일디림의 말대로라면 그 사람이 일했던 대학에서 지금 자신이 일하고 있지만, 그 이름이 그에게 말해주는 건 아무것도 없었다. 인터넷으로 검색하자 술탄 아흐메드 골목의 어느 집이 나왔다. 그는 그곳을 찾아갔다.

문을 두드렸다. 웬 여자가 문을 열었다. 하칸은 그 여자에게 자신이 누구를 찾는지 설명했다. 여자는 한숨을 내쉬었다. 그녀는 몇 년 전에 사망한 마음씨 좋은 교수의 하녀였다. 그녀는 교수의 절친한 친구인 수도승 예심을 만나보라고 권했다. 하칸의 역사적 의문들을 밝혀줄 사람이 있다면 그 사람일 수밖에 없다는 것이었다.

하칸은 성가신 과정을 거쳐 이슬람 수도승 예심을 찾아냈는데, 그 수도승은 회교 사제 유수프라면 분명 그에게 제공해줄 자료를 가지고 있을 거라며 그를 만나보라고 조언했다. 사제는 하칸을 어느 뱃사공에게 보냈고, 뱃사공은 그를 탁심에서 케밥을 파는 행상에게 보냈고, 행상은 사마리아 구역에서 생선을 파는 상인 메흐메트를 만나보라고 그를 떠밀었다. 메흐메트는 루사르 첼릭의 조카였다. 루사르 첼릭이 후손 없이 죽는 바람에 보잘것없는 그의 재산은 메흐메트에게 돌아갔고, 그가 평생 모은 온갖 잡동사니들은 메흐메트의 집에 처박히는 신세가 되었다.

하칸이 생선 시장에 도착한 날, 메흐메트는 물론 없었다. 하지만 이튿날에는 그를 만날 수 있었다. 메흐메트는 처음에는 경계하는 태도를 보였다. 저 작자가 나한테 뭘 원하는 거야. 왜 숙부님의 물건에 저렇게 흥미를 갖는 거지? 하칸은 자신을 루사르 첼릭의 학문적 아들로 소개했다. 최근 들어 채소 장수가 채소 광고 하듯 쉽게 내뱉은 온갖 거짓말들을 알라께서 용서해주시길. 그는 두 사람이 같은 연구실에서 일했었다고 말했다. 첼릭 교수가 은퇴하기 전에 하칸을 후계자로 지목했다고, 그래서 그에게는 교수의 작업을 이어갈 책임이 있다고 했다. 메흐메트는 한쪽 눈썹을 치켜떴지만 그의 이야기에 어느 정도 믿음이 가는 듯했다. 그는 일이 끝나는 대로 하칸을 자신의 집으로 데려가겠다고 했다.

하칸은 시간을 때우려고 시장 좌판 사이를 이리저리 쏘다녔다. 생선 장수들이 날랜 손길로 생선 배를 가르고 위와 창자 사이로 손을 집어넣어 어떤 내장은 끄집어내고, 어떤 것들은 잘라내고, 어떤 것은 포장하고, 어떤 것들은 집어던지는 광경을 지켜보았다……. 그는 현기증이 났다. 그의 속을 뒤집어놓는 게 그 도살장의 광경인지 냄새인지 알 수 없었다. 아니면 내장을 송두리째 뒤집는 구토가, 눈앞에 드러난 기이한 사실에서, 그 상인의 작업과 연구자라는 그의 직업 간의 충격적인 유사성에서 비롯된 건지 알 수가 없었다. 몇 주 전부터 그는 고문서들의 속을 파내어 어떤 문단들은 간직하고, 또 어떤 문단들은 버리고, 뭔가 먹을 만한 것을 건지려고 곰팡이 핀 필사본들의 배를 가르고 있었으니 말이다. 지느러미와 비늘이 가득한 장터 한가운데에서 문득 그는 자신이 한없이 비천하게 느껴졌다.

메흐메트는 숙부에게서 물려받은 모든 물건들을 어떻게 해야 할지 몰라 한쪽 구석에 치워두었다고 털어놓았다. 숙부를 생각해서 그것들을 간직하고는 있지만 그 잡동사니들이 자리를 차지하는 건 사실이었다. 그는 이즈니크(터키 도시)의 세라믹으로 덮인 철제 금고 하나를 금세 찾아냈다. 그리고 삐거덕거리는 상자 덮개를 열려고 했는데 열리지 않자 금속판을 움켜잡고 뜯어버렸다. 그러곤 그의 숙부가 고른 비밀 장소가 천진한 데 대해 용서라도 구하듯 인상을 찌푸렸다.

그는 하칸에게 누런 종이 몇 장을 내밀었다. 아마도 선생께서 찾으시는 게 이것인 모양입니다. 저는…… 저는 잘 읽지 못합니다. 에스파냐어 말입니다. 서류를 빤히 쳐다보며 그가 말을 이었다. 이걸 좋은 데 써주세요. 그리고 머뭇거리며 말했다. 연구에 필요하지 않으시다면 제게 돌려주시겠습니까. 급한 건 아닙니다. 이미 설명드렸듯이 저

한테는 필요 없는 것이지만, 아시다시피 제 숙부님의 물건인 데다 저한테 맡기신 거라……. 하칸은 호의 어린 얼굴로 그를 바라보며 그러겠다고 확인해주었다. 그는 마음속으로 하늘의 자비를 간청하며 약속했다. 이 모든 이야기에서 적어도 이번만큼은 거짓 맹세를 할 수가 없었던 것이다!

하칸은 집으로 곧장 가지 않았다. 그는 문서를 봉투에 넣고, 모든 것을 점퍼 안주머니에 넣은 채 바람을 쐬며 반대편 강변을 거닐기 위해 강 하구를 가로지르는 페리에 올라탔다. 그럴 필요가 있었다. 바람이 뱃머리에 걸린 깃발을 펄럭이며 그의 뺨을 스쳤고, 신경 곤두선 물결을 가르며 배는 곧장 앞으로 나아갔다. 모든 게 단순했다.

금각만('황금 뿔'이라는 의미로, 터키 이스탄불을 끼고 도는 해협의 이름), 이슬람의 초승달, 붉은 깃발 속에서 핏줄이 찢긴 채 숨을 헐떡이는 물소. 해안은 야만적이었다. 그곳은 상인들과 오토바이들, 해파리와 비닐봉지 사이로 떠다니는 낚싯대들로 넘쳐났다. 하칸은 더 멀리 떠나 도시를 벗어나고 싶었다. 하지만 이날 저녁에는 그러지 못할 것이다. 10여 분 만에 그는 아시아에 닿았다. 그는 보스포루스 해협을 바라보며 앉았다. 지나가던 연락선 하나가 관광객들이 배에 오르도록 속도를 늦췄다. 음악이 떠들썩하게 울렸다.

하칸은 오래도록 물가에 남아 있었다. 물은 불로 둔갑했고, 왕궁과 모스크들은 횃불처럼 일어섰다. 불이 꺼지자 재만 남았다. 문득 황새 한 마리가 보였다. 저 녀석은 이 8월에 이스탄불에서 뭘 하고 있는 거지? 두 대륙 사이를 이동하다 길을 잃은 모양이었다. 방향을 잃고 물가에 정착한 황새는 물 건너편을 결연한 눈길로 응시하고 있었다.

아름다운 하늘, 진짜 하늘이여,

보라, 변해가는 나를!

폴 발레리, 「해변의 묘지」

작열하는 태양의 열기 아래 온 이스탄불이 불타고 있었다. 록셀라나는 정원으로 피신했다. 분수의 물소리가 기도처럼 울렸다. 풍부한 물은 하늘이 톱카피에 내린 항구적인 선물이었다. 서늘한 정원은 폭염을 면제받은 별천지였다. 록셀라나는 연못에 비친 자신의 모습을 보았다. 새 물방울들이 수천 개의 알갱이로 끝없이 부서졌다. 물속 영상은 다시 뭉치려고 헛되이 애쓰고 있었다. 록셀라나는 왕궁의 석조 건물과 왕궁을 보호하는 모자이크를 향해 눈을 들었다. 눈을 감고 물소리가 온몸을 휘감도록 가만히 기다렸다. 이번만큼은 술탄과 그의 세계가 기다릴 것이다.

그렇습니다, 당신이 신탁을 듣지 못했을지라도

그런 일을 묵인하는 건 온당치 못한 일이었습니다.

최고의 왕께서 사라졌으니

끝까지 추적해야만 했습니다.

☾

소포클레스, 『오이디푸스 왕』

그날 저녁 당장 하칸은 메흐메트가 건넨 문서들을 훑어보았다. 문서들이 바클라바 과자처럼 얇고 메말라 있어서 부서질까봐 겁이 났다. 잉크가 바래서 전반적으로 읽기가 힘들었다. 이 새로운 문제에는 다음 날 매달릴 생각이었다.

그가 조심스레 문서 전부를 봉투에 다시 집어넣으려는 찰나, 명함보다 크지 않은 종이 한 장이 떨어졌다. 거기에 적힌 글은 카스티야어로 쓰인 나머지 서류와 달리 터키어로 쓰여 있었다. 그는 어렵지 않게 해독했다. 몇 단어만 휘

갈겨 쓰여 있었다. '쿠아우테모크 황제의 이중 게임.'

제대로 길을 찾은 것이다. 같은 주제임이 확실했다. 행적이 말끔해 보이지 않는 아즈텍 황제라니, 오호, 이 무슨 행운인가! 그는 그의 동료 보르헤스가 몇 주 전부터 절망적으로 찾고 있던 황제였다. 그러나 그 편지들을 오랫동안 가지고 있었던 루사르 첼릭 교수가 아즈텍의 불가사의에 관해 분석한 것이 거기 있다면 그가 학문을 진척시켰다고 할 수 있을 것이다…… 그런데 그는 우리에게 아무것도 말해주지 않았다.

'이중 게임'을 우리는 여러 차원으로 생각해볼 수 있다. 쿠아우테모크는 어쩌면 보드빌(노래와 춤을 곁들인 통속 희극) 극의 주인공처럼 그저 자기 아내를 속이고 맘 편히 지냈는지도 모른다. 그리고 보르헤스가 믿고 싶어하는 것처럼 결코 아즈텍 땅에서 남몰래 터키를 향해 떠나지 않았을지도 모른다.

하칸은 카드를 뒤집었다가 거기 적힌 몇 가지 추가 해설을 보고 하늘에 감사했다. 그는 텍스트를 훑고 조심스런 태도를 취했다. 단어는 잘 읽혔지만 그 의미를 파악해야 했다. 그건 하나의 수수께끼였다. 수수께끼가 부족하기라도 한 듯이. 루사르 첼릭이라는 이 익살꾼은 그의 대학 연구실에서 몹시도 지루했던 모양이었다. 탐정 수사 같은 것을 만들어놓은 걸 보면. 그것이 그 순간 하칸을 대단히 언짢게 만든 건 두말할 필요도 없다. 그 문장들의 의미를 알아내기 위해—그 문장들에 의미가 하나라도 있다고 가정한다면—뉴런들을 뜨겁게 달구고, 그 문장들과 아즈텍 황제를 논리적으로 잇는 일도 그의 몫이 될 것이다. 그가 보르헤스에게 도움의 손길을 줄 생각이라면 말이다.

조금 전에 잠자리에 들려 했던 그는 이제 잠들긴 틀렸다는 걸 깨달았다. 그는 베개에 머리를 대고 눈을 크게 뜬 채 단어들이 천장에서 돌다가 거꾸로 돌고 다시 방향을 바꾸는 걸 보며 밤을 지새우게 될 터였다.

술레이만은 죽었다. 지혜는 다시 사원을 바꾸었다. 술레이만의 하루는 오이디푸스의 하루처럼 세 시간으로 계산된다. 알라는 위대하시다. 술레이만보다 위대하시다. 아량이 넘치는 알라께서는 당신의 충실한 신도들에게 다섯 시간을 내주신다. 여름이면 그 시간은 더 길어진다. 그의 신도들은 그걸 기억하고 네 번째 시간이 되면 땅에 엎드려 흘러간 하루를 알라에게 바친다.

게다가 이 루사르 첼릭이라는 작자는 도무지 문체라는 게 없었다. 글이 마치 플라스틱으로 된 예언 같았다. 고대 인들을 모방하는 것도 잠깐이면 괜찮다. 그러나 여기서는 단순했더라면 좋았을 것이다. 그리고 간결했더라면.

이어지는 시간을 하칸이 어떻게 보냈을지는 뻔하다. 그는 먼저 상인의 집에서 가져온 코르테스의 편지들에 빠졌다가 수수께끼의 텍스트로 돌아왔다. 에스파냐 정복자는 편지에서 보급 문제와 갖가지 외교 문제를 언급하고 있었다. 흥미로운 역사 파노라마임에는 틀림없었지만 구미가 당기는 얘기는 전혀 없었다.

매우 뜻밖에도 이 남자의 편지들 가운데 마지막 편지는 코르테스의 애인인 말린체가 쓴 것이었다. 그리고 그녀는 그 편지에서 쿠아우테모크를 언급하고 있었다. 보자마자 단박에 그 문서의 형편없는 상태가 이상하게 여겨졌다. 모든 편지가 시간의 타격을 입은 건 사실이지만 어떤 편지도 그 정도로 훼손되진 않았던 것이다. 첫 문단과 마지막 문단은 물에 젖었던 게 분명했다. 텍스트의 나머지 부분은 아직 해독할 만했다. 종이는 너무도 체계적으로 훼손되어 있었다. 하칸은 의도적인 훼손을 의심했다.

서명 뒤에 두 줄의 추신이 이어져 있었다. 첫 줄은 말린 체가 수취인에게 남긴 권고를 보충하는 내용이었다. 두 번째 줄의 글씨는 조금 더 서툴렀다. 다른 손이 쓴 것 같았다. 하칸은 서둘러 그 부분을 읽었다. 그 부분이 루사르첼릭 교수가 남긴 해설이라는 걸 깨닫자 그의 맥박이 빨라졌다.

나는 이 편지에서 성스런 우리 국가에 해가 될 수 있는 부분을 지우기로 결심했다. 그러나 그것을 역사에서 지울 수는 없었다. 더구나 내게는 결코 그럴 권리가 없다. 내 뒤로 이 자료들을 발견하게 될 사람은 새로운 판관이 되어 자기 행위의 주인이 될 것이다. 우리 오스만 땅에서 정말로 일어난 일을 찾는 책임을 맡을지 말지. 이 편지를 간직하는 건 너무 위험한 일이었다. 간단하게 암호화한 몇 마디를 이 편지 뭉치에 열쇠로 남겨둔다. 이 열쇠는 하나의 구축물을, 우리의 국가, 우리의 조국을 여는 머릿돌이다. 내가 은폐한 사실들이 밝혀질 경우 그 구축물의 토대가 흔들릴 것이다. 나의 독자가 수사에 착수하기 전에 경계를 늦추지 않기를……. 의심을 품고 국가 감옥의 기록부를 확인하길 바란다. 독자는 그곳에서 우리가 금세 침묵을 배운다는 걸 보게 될 것이다.

형용할 길 없는 메스꺼움이 하칸을 엄습했다. 모래를 가득 채운 주머니 하나가 그의 위 속에 둥지를 틀고 앉은 것 같았다. 루사르 첼릭이 그에게 말하려는 게 뭘까? 하칸은 이해하고 싶지 않았다. 하칸은 감히 이해할 용기가 나지 않았다. 그러나 너무도 잘 이해했다. 그가 견뎌야 하는 건 그 순간 그의 횡격막을 짓누르는 압박감만이 아니라 십자가처럼 그의 어깨를 짓누르는 국가 종말에 대한 압박감이었다. 어떤 종말인지는 도무지 알 수 없었다. 그러나 루사르 첼릭은 말을 얼버무리지 않았다. 그는 죽은 아즈텍 제국과 터키 역사 사이에 난해하지만 부인할 수 없는 관계를 세웠다.

하칸은 빙빙 도는 정신을 끌어모으려 애썼다. 두려움을

떨치려 애썼다. 하여간 이 루사르 첼릭이 최악의 미치광이가 아닌지 어찌 알겠나? 어떤 의미에서 그는 이 학자에 관해 아무런 정보도 갖고 있지 않았다. 그리고 이 대학교수는 기억할 만한 업적을 쌓은 것 같지도 않았다. 역사학자인 하칸조차 그에 관해 들어본 적이 한 번도 없으니 말이다. 그의 말이 맞는다면 어쨌든 감옥 얘기는 조금 심란한 얘기였다……. 게다가 누군가를 철창 너머로 보낼 수 있는 이유는 수백 가지나 된다. 하칸은 곰곰이 생각했다. 정보를 얻기 위해 형무소에 접촉하는 건 그에 대한 혐의만 품게 할 뿐 아무 소득이 없을 것이다. 그래서 하칸은 사실을 알아내려고 교수의 조카 메흐메트에게 전화를 걸기로 마음먹었다.

두 사람은 약속을 잡았다. 하칸이 신중하고 조심스런 태도를 보였음에도 메흐메트의 대답은 마뜩잖았다. 과거에서 뜨겁게 달궈져 나온 그 감옥 이야기는 그를 불안하게 만들었다. 하칸은 자신의 선한 의도를 전하려고 애썼다. 그는 결코 메흐메트와 그의 가족에게 피해가 가게 할 생각은 없다고 말했다. 온갖 군소리로 대화를 채우는 바람에 오히려 메흐메트의 경계심만 키웠다. 하칸은 초조한 마음을 근근이 감췄다. 애원하는 눈길로 "부탁입니다."를 거듭하며 조금 더 기를 썼지만 마치 바이올린에 오줌을 싸는 듯 더없이 찜찜한 느낌이 들었다.

그리하여 그는 다시 한 번 명예의 규율을 어기고 사기꾼 행세를 하기로 마음먹었다. 눈썹 하나 까딱하지 않고 자신은 대학교수로서 그리고 고위 공무원으로서 관공서 문서들을 열람할 수 있다고 메흐메트에게 말했다. 그러니 오늘 당장 루사르 첼릭 건의 열람을 허락해달라고 법원에 신청하겠다고. 그가 이런 무례한 수단을 쓰지 않은 건 메흐메트에게 예의를 지키고 조심스럽게 행동하기 위해서였다, 하지만 협조해달라는 그의 제안을 메흐메트가 거부한다면 더 이상은 선택의 여지가 없으니 이 모든 오래된 이야기들이 수면에 떠오르게 할 수밖에 없을 것이다. 그러면 아마도 파장이 일 테고, 고위 관리들이 얼마나 빈틈이 없는지는 모르겠으나 경우에 따라서는 그의 청원이 어떤 고위 관리들에게 갑자기 루사르 첼릭 건에 대한 서류를 다시 열어보고 싶은 욕구를 불러일으킬지도 모르겠다.

메흐메트의 눈에 불안한 기색이 비쳤다. 하칸의 말에 신빙성이 있는지 그가 어떻게 판단할 수 있었겠는가? 그는 투명하고 깨끗한 이름 뒤에 온갖 톱니장치를 감춘 '국 가'라는 음험한 기계가 어떻게 작동하는지 잘 알지 못했 다. 사실 숙부가 투옥됐던 일에 대해 알고 있는 사실을 그가 폭로한다 해도 크게 위험할 건 없었다. 확인 가능한 객관적인 사실이었기 때문이다. 그러니 숨기려 고집해봐 야 무슨 소용이겠는가……. 게다가 그의 가련한 숙부는 무고했으므로 그 일을 밝힌다고 해서 숙부에 대한 기억 을 더럽힐 리도 없었다.

메흐메트는 그의 숙부가 독실하고 선량한 무슬림이었 다는 사실을 오래도록 강조한 뒤 정보를 확인해주었다. 그의 숙부는 누구에게도 해를 끼친 적이 없었다. 저들은 한동안 숙부의 말문을 틀어막고 싶어했다. 역사학자로서 숙부는 정부에 그다지 득이 되지 않는 정보들을 발견하 게 되었다. 어쨌든 루사르 첼릭이 감옥에서 나온 뒤 그에 게 털어놓은 얘기는 그랬다. 정부 쪽 얘기는 물론 전혀 달 랐다. 그들은 루사르 첼릭이 광기에 빠져 앞뒤가 맞지 않 는 말을 했으며, 난폭한 행동을 할 수도 있다고 말했다. 공공질서를 위협했으므로 그를 가둘 수밖에 없었다는 것 이다. 교수의 가족은 그 어처구니없는 합법적인 감금 앞에서 할 말을 찾지 못했다. 언제부터 루사르 첼릭이 공격적이었다는 것일까? 매년 축제를 위해 사람들이 양의 목을 벨 때마다 정신을 잃던 사람이었는데……! 그 명석한 루사르 첼릭이 미쳤다는 얘기에 가족 모두가 당혹해했다. 어느 날 경찰이 다시 찾아와 집을 뒤졌지만 가져간 건 아무것도 없었다.

몇 년이 흘렀는데도 불구하고 메흐메트의 목소리에서 느껴지는 당혹감에 하칸은 가슴이 뭉클했다. 권력은 일관성 없는 이야기로 광인을 만들어낸다. 그 점만큼은 일관성이 있다. 체제의 응집력은 균열과 틈에 맞서 맹렬히 싸우고, 그 응집력을 해치고 약화시킬 수 있는 모든 것을 제거한다.

하칸은 한동안 침묵을 지키다가 자신이 어떤 고통스런 이야기에 발을 들여놓는지 몰라서 일전에는 무례하게 굴었다며 사과했다.

집으로 돌아온 하칸은 자신을 에워싸는 침묵의 밀도를 느꼈다. 스트레스, 불안, 신경의 동요는 이미 경험한 적이 있었다. 그러나 공포를 접한 건 난생처음이었다. 루사르 첼릭은 독살당했다. 그가 어떤 말을 할지도 모른다는 이유 때문이었다. 어떤 기적이 일어나 권력기관이 말린체의 편지를 발견하고 없애버렸는지는 알 수 없다. 잉크로 쓰인 다이너마이트가 그들의 코앞을 아슬아슬하게 스쳐갔다. 이제 하칸은 이해하고 싶었다. 따라서 수수께끼로 돌아갔다.

그는 연금술사처럼 문장의 재료를 해체했고, 구성 성분들을 시험관에 분리해놓고 다르게 조합했다. 그리고 작동 방식을, 문장들을, 말들을, 글자들을 뒤집었다. 어원들을, 의미들을 탐구했다. 터키어로, 그리고 에스파냐어로. 그렇게 그는 말의 배치표와 대조표를 만들고 과감히 생략하기도 했다. 만화경의 마법도 사용했다. 그러나 찾지 못했다. 무엇보다 술레이만에 대한 언급이 그를 교란시켰다. 루사르 첼릭의 글을 믿어보자면, 술레이만은 알라에 도전한 것 같았다. 역사적 관점으로는 결코 검증되지 않는 사실이었다. 술레이만은 아버지 셀림의 계보를 직통으로 잇는 독실한 술탄이었다.

하칸은 기진맥진했다. 광기가 그를 호시탐탐 노리고 있었다. 그런 확신이 들었다. 그는 점퍼를 들고 밖으로 나갔다. 뇌에 산소가 부족했다. 게다가 그는 수수께끼를 외우고 있었다. 저린 다리를 풀면서 머리를 계속 굴리지 못할 것도 없었다. 적어도 이번만큼은 그 빌어먹을 도서관에서 벗어나 햇살을 누릴 수 있을 것이다!

그는 옛 도심 쪽 탁심에 위치한 그의 아파트를 향해 걸었다. 블루 모스크와 소피아 성당으로 몰려드는 관광객 무리를 보고 그는 좋은 선택이 아니었나보다고 혼잣말을 했다. 그 방향으로 접어들기 전에 잠깐이라도 생각을 했어야 했는데……. 그 모든 이방인 무리는 꼬리를 물고 끝없이 줄을 서서 정복자 국가의 국기를 쉼 없이 흔들어대는 지도자를 따라 질서 정연한 전투대형으로 전투를 벌이러 온 군대 같았다. 하칸은 몇 년 동안 리옹에 머무른 적이 있어 잘 아는 그 프랑스 부대들을 스쳐 지났다. 안내인은 '바실리카 회당의 아름다움과 신비'에 관해 달달 외운 내용을 암송하고 있었다. 하칸은 호의 어린 미소를 지어 보였다.

그때 갑자기 그의 심장이 세차게 고동쳤다. 이런 바보를 봤나! 왜 좀더 일찍 생각하지 못했을까? 지구상의 모든 안내인이 술탄 아흐메드 한가운데에서 하루에 천 번도 더 반복하는 기본 상식을 그는 생각조차 하지 못했던 것이다!

그 프랑스인은 우렁찬 목소리로 자기 이야기를 이어갔다. "유스티니아누스 황제는 솔로몬 왕이 예루살렘에 지은 그 유명한 사원을 능가하는 더없이 웅장한 기독교 성소를 짓겠다는 포부를 품었습니다. 전설에 따르면 537년 소피아 성당의 축성식 때 황제는 흡족해하며 이렇게 선언했다고 합니다. '솔로몬이여, 내가 그대를 이겼노라!'"

루사르 첼릭이 인용한 술레이만은 멋진 황제 술레이만 술탄이 아니었다……. 그건 현명한 왕 솔로몬을 터키어로 표기한 것이었다! 따라서 새 사원은 유스티니아누스 황제가 솔로몬에게 농담을(엄청난 크기의!) 던지듯 지은 소피아 성당을 가리키는 것이었다. '술레이만은 죽었다. 지혜는 사원을 바꾸었다.' 수수께끼의 도입부는 어린아이의 놀이처럼 단순했다.

안내인 덕에 그는 그 수수께끼를 풀 수 있었다. 하칸은 조금 당혹스러웠다. 어쨌든 이보다 잘 해결할 수도 있었을 텐데.

루사르 첼릭의 수수께끼를 믿어보자면, 하나의 요소, 하나의 단서가 바실리카 사원에서 나타나야 했다. 매일

보는 수천 개의 눈이 아직 찾아내지 못한 게 무엇일까? 어떻게 그럴 수가 있었을까? 하칸은 머리를 긁적이며 다음 할 일을 생각했다. 소피아 성당은 두어 발짝 떨어진 곳에 있으니 아마도 거기 가서 직접 살펴보는 게 가장 논리적인 처신일 것 같았다. 그는 성당 입구에 끝없이 늘어선 줄을 보고 전문가답지 못하게 하마터면 발길을 돌릴 뻔했다. 그러다 용기를 내어 자기 차례를 기다리기 위해 대열에 합류했다.

그는 몇 시간째 기다리느라 일사병에 걸릴 지경인 데다 정맥류 때문에 매우 불안했다. 기념품을 파는 상인 뒤에서 한 신도가 코란을 나눠주고 있었다. 하칸도 한 권 빌렸다. 시간을 지혜롭게 활용하기 위해서였다. 그는 책을 펼쳐 들고 솔로몬이 등장하는 장들을 뒤적였다. 혹시나 해서였다. 그렇게 그는 솔로몬의 성스런 이야기를 재빨리 복습했다(어쩌면 알라께서 보시기에 그가 지난 며칠 동안 내뱉은 거짓 맹세들이 이 행위로 상쇄될지도 모를 일이다).

그러나 코란을 읽고도 그는 별다른 영감을 얻지 못했다. 다윗 왕의 아들인 솔로몬. 예언자이자 이스라엘의 왕.

대단한 인물……. 솔로몬은 인간을 다스렸고, 정령들을 다스렸다. 그리고 바람을 다스렸다. 솔로몬은 이런 말로 알라를 찬양했다. "주님, 저를 용서하시고, 제 뒤로 유사한 예를 볼 수 없을 그런 왕국을 제게 주십시오. 주님께서는 모든 걸 베푸시는 위대한 분이십니다." 알라는 그에게 넘치도록 은총을 베풀었다. 인간이 다스린 왕국 가운데 가장 큰 왕국을 그에게 주었다. 그리고 지혜를 허락했다. 수를 헤아릴 길 없는 군대를 주었다.

하칸은 코란 위로 한숨을 내쉬었다. 그는 주변을 힐끗 둘러보았다. 관광객 부대는 여전히 정체 상태였다. 현자에 관한 장들은 끝없이 이어졌다. 솔로몬은 사바의 여군주와 태양을 숭배하는 그 이교도 백성을 개종시켰다……. 바실리카 광장 위에서 태양이 작열하고 있었다. 그 순간 일식을 일으킬 수만 있다면 하칸은 거짓 서약이라도 했을 것이다. 위대한 왕, 현명한 왕, 무시무시한 왕, 솔로몬. 다 좋다. 그러나 코란을 읽고도 수수께끼에 새로운 요소를 얻지는 못했다. 두 술레이만 사이를 15세기가, 시간이 먹어치우고 인간들이 잊어버린 숱한 암묵적 발화들이 갈라놓고 있었다. 그 오랜 세기의 먼지는 차라리 켜켜이 쌓인

때였다.

마침내 그는 소굴로 들어갈 수 있었다. 소피아 성당에 발을 들여놓았을 때 그는 여전히 시장을 돌아다니는 것 같은 엉뚱한 느낌이 들었다. 어쩌면 종교적 시장인지도 모르지만 어쨌든 시장 같은 느낌이었다. 기독교식 모자이크가 미랍(이슬람 사원의 벽감)과, 주랑들을 지키는 거대한 이슬람 장식과 경쟁하고 있었다. 그곳에서 어슬렁거리고 있는 관광객들은 몇 시간 뒤면 물담배와 도자기 상인들 사이를 어슬렁거릴 것이다. 성당에서는 흥정할 일이 없으므로 그들은 병적인 허기증을 드러내며 사진을 찍어댔다. 마치 그렇게 해서 바실리카의 모든 금박을 가방에 담아갈 수 있기라도 한 것처럼. 이건 공짜야. 무제한으로 찍어도 돼. 이것도 찍을래. 그리고 저것도, 또 저것도. 이 샹들리에도. 이 바닥도. 이 유리창도.

으레 예상했어야 했지만 몇 시간째 구석구석 살피고도 그는 거기서 행복을 찾지 못했다. 솔직히 말하자면 그런 방식으로는 아무것도 발견할 수 없었다. 수수께끼 같은 텍스트와 역사책으로 돌아가 더 깊이 탐구해야만 했다. 그는 도서관에 가는 길로 접어들었다. 인간은 자신이 온

곳을 절대 잊지 않는 법이다.

술레이만은 죽었다. 지혜는 다시 사원을 바꾸었다. 술레이만의 하루는 오이디푸스의 하루처럼 세 시간으로 계산된다. 알라는 위대하시다. 술레이만보다 위대하시다. 아량이 넘치는 알라께서는 당신의 충실한 신도들에게 다섯 시간을 내주신다. 여름이면 그 시간은 더 길어진다. 그의 신도들은 그걸 기억하고 네 번째 시간이 되면 땅에 엎드려 흘러간 하루를 알라에게 바친다.

의미처럼 보이는 것을 끄집어내고 믿을 만한 시나리오를 세우려면 며칠은 필요했다. 아, 오이디푸스……! 하칸은 오이디푸스에게 연민을 느꼈다. 그 그리스인은 빈정대는 스핑크스를 마주하고 그와 똑같은 고통을 겪었다. 필사적으로 입을 다문 소피아 성당에 집요하게 매달렸다가 하칸은 결국 이설 주창자 루사르 첼릭이 사용한 말에 주의를 기울였다.

'지혜가 다시 사원을 바꾸었다.' 진술은 기이했고, '다시'라는 말은 불필요한 것이었다. 지혜는 예루살렘에 있는 솔로몬의 사원에서 성 소피아 성당으로 망명을 왔다. 덧붙일 것은 더 이상 없었다. 그가 아는 한 그 이후로 지혜는 다시 짐을 싼 적이 없었다. 바로 거기서 그는 길을 잃었다.

세세한 역사적 사건들을 읽고 또 읽은 뒤 그는 이 점에 관해 하나의 가설을 세웠다. 술탄들의 건축가 시난은 성 소피아 성당을 이슬람화한 뒤 오스만 예술을 혁신하고, 바실리카 양식에서 크게 영감을 받아 상당수의 모스크들을 건축했다. 시난의 두 번째 주요한 모스크인 술레마니에 모스크는 특별한 자리를 차지하고 있었다. 멋진 황제 술레이만 술탄의 지시에 따라 이 모스크는 세심하게 고른 장소에 세워졌다. 바로 금각만을 마주한 곳이었다. 그 후 세상의 선박들은 항구에 닻을 내릴 때 기독교 성당인 소피아는 볼 수 없었고 알라의 영광만을 보았다.

술레마니에는 있을 수 있는 모든 혼란을 압도했다. 그것이 도시를 수호했다. 성서 속 술레이만—솔로몬—은 죽었고, 유스티니아누스는 예루살렘 사원의 지혜를 훔쳤다고 주장했지만 멋진 황제 술레이만 술탄이 그들을 이겼다. 세 번째 건축물인 술레마니에에서 지혜를 찾아야만 했다.

알라에게 영광을 바치는 마지막 문장을 보면 의심할 여지가 없었다. 이교도—오이디푸스—나 기독교인의 하루는 세 시간밖에 되지 않지만 신도의 하루는 그보다 많다. 가련한 세 시간은 스핑크스의 수수께끼를 떠올리게 한다. 새벽은 정오에 정점에 이르고, 저녁이면 죽는다. 신도는 하루에 다섯 번 안식을 누린다. 다섯 번의 아잔을. 네 번째 부름은 석양을 품는다. 신도는 알라 앞에 엎드려 저물어가는 빛의 동작을 앞질러 세 번 반복한다. 그는 네 번째 시간에 알라 앞에 존경과 경외심 섞인 마음으로 땅바닥에 이마를 대고 저무는 해와 함께한다. 어쩌면 네 번째 기도 시간에 술레마니에 모스크에 있어야 이해할 수 있지 않을까.

하칸은 난감했다. 불안과 안도가 뒤섞인 감정이었다. 탐색은 진척되고 있긴 했다. 그러나 술레마니에 같은 모스크에서 뭔가를 찾기란(아직도 여전히 그게 뭔지 모르기 때문에 쉬운 일이 아니었다) 보스포루스 해협의 해파리를 모두 낚겠다고 나서는 것보다 더 고약한 일이었다.

그대를 사방으로 찾아다녔소, 카스티유의 왕 카를로스여!

우리 두 가문 사이의 증오가 뿌리 깊기 때문이오.

아버지들은 회한 없이 무자비하게 싸웠소.

30년이라니!

아버지들은 죽었지만 다 헛된 일이오.

빅토르 위고, 『에르나니』

하렘의 비밀스런 여주인으로서 록셀라나는 1536년 1월 어느 날 프랑스 왕이 보낸 편지 한 통을 받았다. 프랑스 군주는 카를 5세에 맞서는 압박 동맹을 오스만 제국에 제안해왔다. 에스파냐 황제의 복수심 어린 공격 때문에 프랑스 왕은 편히 잠들지 못하고 있었고 아침마다 위산이 역류했다. 궁정에서 매일같이 주고받는 이런 행정 서한에 조금은 지친 록셀라나는 남편에게 사자를 보내 은밀한 알현을 청했다.

술탄은 곧 그녀를 불렀다. 그녀의 청원은 언제나 관심을 기울일 만했다. 그녀는 술탄의 평소 집무실이 된 톱카피 도서관에 들어섰다. 그는 그 방을 지키는 책들과 함께 평화로이 지내는 걸 좋아했다. 록셀라나는 사람들의 눈길로부터 보호해주는 긴 베일 아래 몸을 숨긴 채 그곳에 들어섰다.

문이 닫히자 그녀는 베일을 벗고, 가져온 편지를 꺼내 부채질을 하며 방 안의 열기를 흡수했다. 그녀는 연신 부채질을 하며 부채에 담긴 내용을 말했다. 술레이만은 얼굴이 하얗게 질리더니 록셀라나에게 성큼성큼 다가가 문서를 빼앗았다. 그리고 지켜보는 사람이 보기에는 지나치다 싶을 만큼 몰두해서 그 문서를 읽었다.

몇 분이 흐른 뒤 그녀는 용기를 내어 그에게 어떻게 할 것인지를 천진하게 물었다. 금세라도 폭우가 쏟아질 듯하던 술탄의 침묵이 거대한 저기압을 만난 듯 폭발했다. 물론 그는 지나는 곳마다 모조리 파괴하는 그 비열한 에스파냐에 맞서 프랑수아(프랑스 왕 프랑수아 1세)에게 도움의 손길을 내밀 것이다. 야만인들 같으니. 록셀라나는 술레이만의 그런 모습을 한 번도 본 적이 없었다. 원조를 청하는 단순한 편지가 도서관의 모자이크 위로 저주의 홍수를 연신 쏟아지게 하리라고는 상상하지 못했다. 록셀라나는 자신이 사랑하는 남자에게서 야만인의 모습을 발견했다. 그러나 두려움이 일기보다 점점 더 강렬한 매력을 느끼며 그녀는 그의 얼굴을 뚫어져라 쳐다보았다. 술레이만은 어쩌면 그녀가 생각한 것보다 훨씬 더 완고한 사람인지도 몰랐다.

술탄은 이성을 되찾더니 당장 무장한 부대를 보내 프랑스 왕에게 협조하겠다고 말했다. 록셀라나는 펄쩍 뛰며 어전회의를 소집하라고 조언했다. 그런 결정은 당연히 중신들의 동의 없이 내릴 수는 없다는 것이었다. 술레이만은 손등으로 그녀를 밀쳤다. 그녀는 균형이 무너지면서 의도치 않게 옆으로 한 걸음 물러났지만 밖으로 나가려는 술레이만을 막기 위해 곧 문을 향해 달려갔다. 술레이만은 억지로 지나가려 했다. 그녀는 울부짖기 시작했다. 성난 술탄은 아연해졌다. 술탄인 그는 여자들의 비명을 싫어했다. 여자들이 화를 내면 무장해제되고 말았다. 게다가 록셀라나의 목소리가 무척이나 날카로웠다는 사실은 밝혀둬야겠다. 술레이만은 걸음을 멈추지 않을 수 없었다. 록셀라나는 흡족해서 입을 다물었다. 그녀는 술레이만의 손을 다정하게 잡고 앉기를 청했다. 그는 따랐다. 그녀는 그 편지로 인해 어떤 화산이 폭발한 건지 이해하고 싶었다. 왜 그렇게 반응하신 거죠? 물론 술레이만은 대답을 회피하려 했다. 록셀라나는 이성적인 설득에서 부드러운 다독임으로, 비명으로, 그가 사실대로 털어놓지 않으면 왕궁 전체에 불을 지르겠다는 협박으로 넘어갔다. 몇 년 뒤 실제로 하렘에 불이 났을 때 사람들이 그녀의 소행으로 여겨 그녀는 참으로 당혹스러웠다. 그러나 그건 다른 이야기다.

그녀는 불타는 듯한 말을 쏟아내면서 동시에 이글거리는 눈길로 그를 쏘아보았다. 그리고 제국이 외국 강대국들과 맺는 외교 관계에서 그녀가 미치는 막대한 영향력을 상기시켰다. 지구상의 모든 군주들에게 호소력 있는 서한 몇 통만 보내면, 오늘 당장이라도 술탄을 권력의 고독 속으로 떨어지게 할 수 있다고 했다. 그 역시 그녀가 도서관 문을 넘어서기도 전에 죽여버릴 수 있다고 차갑게 응수했다. 그녀는 사실 자신을 살리고 죽일 권리가 그에게 있는 건 맞다면서 빈정거리는 어조로 응수했다. 그러나 그렇더라도 그런 행동을 하고 나면 대외 정책에서 대단히 곤란한 입장에 놓이게 될 거라고 말했다.

그는 손가락을 물어뜯었다. 단지 그가 가장 힘이 세다는 걸 그녀에게 입증하기 위해 그녀를 죽일 필요가 있을까? 그 결과 해결할 길 없는 외교적 불화를 빚을 것을 감수하고? 술레이만은 짜증이 났다. 무엇보다도 그녀가 옳다는 걸 인정하고 싶지 않았기 때문이다. 그녀는 그에게 최고의 동료였고, 두 사람은 한 팀이 되어 제국을 다스리고 관리하고 발전시켜왔다. 탁월한 결정을 내릴 때도 함께였다. 록셀라나는 강하고 꾀발랐다. 따라서 그는 의식적으로 자기 자존심을 꺾었다.

그는 코란을 들고 와 그가 앞으로 폭로할 내용을 절대 얘기하지 않겠다고 여군주로 하여금 맹세하게 했다. 록셀라나는 서둘러 맹세했다. 무거운 암묵적 발화에 짓눌린 침묵이 이어졌다. 술레이만은 숨을 깊이 들이쉬었고, 중얼거리듯 록셀라나에게 심중을 털어놓았다.

맑은 저녁의 불타는 석양빛에 잠긴 스탐불과 그 만.

그리고 정오 때와 동일한 목소리들, 낭랑한 천상의 목소리들이

하루의 네 번째 기도 시간에 충직한 오스만 제국

사람들을 부르며 다시 노래하기 시작했다.

해가 지고 있었다.

☾

피에르 로티, 『환상에서 깨어난 여자들』

한 주가 흘렀다. 하칸은 시간의 공기를 마시기 위해 매일 술레마니에를 찾았다. 심지어 그는 오래전에 잃은 습관인 기도까지 시도했다. 그는 루사르 첼릭이 남긴 글에서 암시한 바를 이해하게 되길 바라며 거의 집요할 정도로 매달렸다. 특히 노교수가 언급한 네 번째 기도 시간에 주의를 기울였다. 그러나 아무 일도 일어나지 않았다. 모든 불경한 지식인들이 수수께끼를 풀기 위해 허송세월을 보내다가 종교로 귀의하게 할 목적으로 루사르 첼릭이 애

95

초에 그 수수께끼를 만들어낸 건 아닌가 하는 의심이 들기 시작했다.

어느 날 저녁, 빛이 사그라들 무렵 그는 언뜻 눈이 부신 느낌이 들었다. 중앙 홀 한가운데에 자리 잡은 건 처음이었다. 그는 왼편으로 자리를 옮겼다. 그러자 바닥이 삐걱거리는 게 느껴졌다. 화들짝 놀란—양탄자가 덮인 바닥이 나무가 아니라 모자이크처럼 보였기 때문에—그는 막 떠나온 자리에 재빨리 눈길을 던졌다. 메카 방향으로 난 유리창 한가운데로 여름 햇살이 쏟아져 들어와 정확히 그 지점에 내리꽂히고 있었다. 바로 네 번째 기도 시간에. 그리고 그 공간은 속이 빈 소리가 났다. 하칸은 뭔가 직감했다. 그래서 독실한 신도 무리가 기도를 마치고 떠나기를 기다렸다. 그는 자신의 직감을 확인할 방법을 고심하며 남아 있었다.

다섯 번째 시간에 한 무리가 다시 올라왔다. 하칸은 의식에 참여하면서 평소보다 더 열성을 다해 기도하고 있는 자신을 발견하고 놀랐다. 마침내 사람들은 예전에 따라 알라의 뜰로 물러갔다. 하칸은 단 몇 분 만에 은거지로 변한 고독한 모스크의 한 주랑 뒤로 미끄러지듯 숨어들었다. 사람들의 끝없는 왕래가 다시 시작되는 동안 알라와 알라의 신참 종복은 지켜보았다. 그곳에 깔린 침묵은 폐쇄된 도서관의 침묵이었다. 그들의 존재로 술렁이는, 책 없는 창고의 침묵이었다. 독서가 이루어진 세월 동안 그 장소를 채우고 있었던 말들은 사실 사라지지 않았다. 그것들은 떠돌고 있다. 무언가 성스런 것이 마치 벽에 밴 냄새처럼 고집스레 남아 있었다. 밤사이 버려진 모스크 또한 신도들이 쏟아낸 말들을 되울리는 듯 보였다. 그들의 말에 의해 형체를 갖추는 존재를 향해 쏟아낸 말들을. 사람들의 육신은 말이 되었고, 말은 신이 되었다. 하칸은 딸깍 하는 소리를 들었다. 이제 막 수위가 마지막 순찰을 마친 것이다. 하칸은 그 남자가 사라질 때까지 숨을 죽였다.

이제 그는 등대지기처럼 혼자가 되었다. 그는 자신의 가설에 실망할까봐 불안한 마음으로 숨을 깊이 들이쉬었다. 그리고 중얼거린 고백과 먼지로 묵직한 양탄자를 말았다. 바닥이 드러나자 섬세하게 작업된 전체 모자이크 한가운데 조잡한 모자이크가 눈에 띄었다. 색색의 자갈로 반짝이는 정방형 모양이었다. 자갈들은 회반죽 위에 덧붙여져 있었다. 그리고 회반죽에는 금이 가 있었다. 하칸은 조각들을 떼어내면서 몇 시간 전에 자신이 예상한 것을 확인하고 안도했다. 미장이의 날림 작업 아래로 나무 널이 드러났다. 그것들을 뜯어내고 싶었지만 도구가 아무것도 없었다. 그는 잠시 촛대의 용도를 바꿔 그걸로 나무를 내리칠까 하고 생각했다. 그러나 그에게 꽂히는 알라의 못마땅한 눈길이 느껴졌다. 그는 기도를 올리려 했다. 혹시 모를 일 아닌가, 무겁게 내려앉은 공기가 폭우를 야기할 수만 있다면 상태가 엉망인 나무 널 몇 개쯤은 뜯어낼 수도 있지 않을지. 물리 개념들을 다시 살펴봐야 할 것 같았다. 왜냐하면 그 개념들은 명백히 작동하지 않았기 때문이다. 하칸은 주위를 둘러보았다. 그날 저녁 그의 작업을 진척시켜 줄 만한 것이라고는 아무것도 없었다. 게다가 배까지 고파왔다.

따라서 하칸은 이튿날 저녁에 다시 그곳을 찾았고, 모스크가 고요해질 때까지 애타게 기다렸다. 그리고 전날의 발견이 신기루는 아니었을지 겁이 나는 듯 머뭇거리며 중앙 홀 가운데로 다가갔다. 아니었다. 그의 비밀은 양탄자 아래에 그대로 남아 있었다. 하칸은 기도 시간을 알리는 승려인 친구에게 빌린 기도용 의복 아래 숨겨온 노루발장도리로 나무 널 몇 개를 뜯어낼 수 있었다. 그리고 이제 신의 집을 약탈하기 시작했다. 최근에 이미 상당히 추가된 죄의 목록을 늘일 또 하나의 죄였다. 그는 한숨을 내쉬었지만 신의 분노는 금세 잊었다. 나무 널을 뜯어내자 작은 선창 같은 곳으로 이어지는 통로가 나타났다. 하칸은 구멍 속으로 들어가길 자꾸 망설이게 만드는 자신의 배를 거듭 저주하며 뚜껑 문 아래로 미끄러져 내려갔다. 뚜껑 문의 표면적으로 보아 염소의 두 뿔 사이에 입 맞출 수 있을 만큼 비쩍 마른 사내아이를 위한 것이 틀림없었다.

그는 지하 공동묘지에 말 그대로 떨어졌다. 다음 날이면 팔에 시퍼런 멍이 들 게 분명했다. 그는 툴툴거리며 먼지를 뒤집어쓴 옷을 툭툭 털었다. 아무것도 보이지 않았다. 그는 축구 대표단 깃발이 붙어 있는 손전등을 꺼냈다. 복권에 당첨되어 받은 미심쩍은 물건이었지만 어쨌든 작동은 했다. 전등을 켜고 주변을 둘러본 그는 묘가 세 개밖에 없다는 걸 확인했다. 그중 가운데 자리한 묘는 아주 작고 빈약했다. 어찌나 작은지 꼭 보석 상자 같았다. 그 작은 궤가 무덤이라면 묻힌 사람은 젖먹이일 수밖에 없었다. 하칸은 난감했다. 꼭 이래야만 할까. 아니면 그저 보르헤스의 환심을 사려고 무덤을 모독하는 건 아닐까. 알라께서 조준경 너머로 그를 준엄하게 지켜보기 시작했을 것이다. 하칸은 결단을 내려야만 했다. 그는 앉아서 주먹 쥔 두 손을 관자놀이에 대고 눈을 감았다. 숨을 깊이 내쉬었다. 그리고 다시 들이쉬었지만 여전히 마음이 놓이지 않았다. 그는 손가락 끝으로 바닥의 먼지 위에 그림을 그렸다. 그리고 모래 그림을 지웠다. 그가 찾고 있는 것이 무덤 속에 분명히 있을지, 아니면 전날 햇살이 우연히 감춰져 있던 지하 문을 비춘 건지 알 길이 없었다. 모스크 아래 잊힌 묘지는 얼마든지 있을 수 있었다. 그건 흔히 있을 법한 것으로 밝혀졌을 가설이었다. 하칸은 일어섰고, 시간을 끌고 싶은 듯 괜스레 옷의 주름을 매만졌다.

그 순간 그때까지 그의 눈에 띄지 않았던 세부적인 사실 하나가 눈에 들어왔다. 꽃과 나뭇잎이 뒤섞인, 이즈니크 모자이크로 된 장식 띠 하나가 작은 무덤을 따라 이어져 있었다. 모자이크 양식에 독창적인 면은 하나도 없었지만 선명한 모티브는 즉각 친근하게 느껴졌다. 그 이유는 알 수 없었다. 그는 머릿속을 뒤져보았다. 그러다 갑자기 소스라쳤다. 그 가두리 장식은 모스크 정원에 있는 술레이만의 무덤을 지키고 있는 주랑의 장식과 동일했다! 하칸은 쪼그리고 앉아 좀더 주의 깊게 궤를 살폈다. 무덤 옆쪽에서 돌에 서툴게 새겨놓은 944라는 숫자를 어렵사리 알아볼 수 있었다. 이슬람 달력에서 술레이만이 사망한 해를 가리키는 숫자였다……. 하칸은 그의 머릿속이 불타올라 우연일 뿐인 지점에서 상응 관계를 찾아낸 건 아닌지 겁이 났다……. 아무리 그래도…… 수상쩍은 크기의 그 무덤은 술탄 무덤의 작은 모방작처럼 보였다. 적어도 크기에서 보이는 단서들은 그것을 암시하고 있었다.

최근 몇 주 동안 술레이만의 이야기를 다시 읽는 데 많은 시간을 들였던 하칸은 능의 건축에 대해 다시 생각했다. 능은 술레이만이 죽기 전에 완성되지 못했다. 따라서 그의 아들인 셀림 2세가 묘지 건축을 완수하는 임무를 맡았다. 제국 차원의 비밀을 지키고 묻는 일에 믿음직한 아들보다―록셀라나는 이미 몇 년 전에 사망했으므로―더 적격인 사람이 어디 있겠는가? 제국의 후계자로서 셀림은 꾀바르게 처신하고, 비밀을 위험에 빠뜨릴지 모를 모든 문서를 가능한 한 숨겨야 했을 것이다. 셀림이 아버지의 능에 최종 마무리를 했다면, 그 특권을 이용해 중요한 문서들을 그로부터 멀지 않은 곳에 묻을 수도 있었을 것이다. 이런 억측까지 하다니 하칸은 자신이 나이보다 빨리 늙는 게 아닌지 생각했다. 그러나 곰곰이 따져보면 말이 되는 얘기였다. 있을 수 있는 일이었다.

만약 이 가설이 확인된다면—불안해하던 루사르 첼릭의 이야기가 총알처럼 그의 뇌리를 스쳤다—하칸은 터키 정부에 아무런 정치적 해명을 할 필요가 없는 이방인인 보르헤스에게 자신이 발견한 것을 전가할 수 있을 것이다. 최악의 경우, 보르헤스는 터키 체류를 금지당할 것이다. 그는 학문에 대한 사랑으로 그런 것쯤은 받아들일 수 있을 것이다. 게다가 그는 비행기 타는 걸 좋아하지 않았다.

외부의 비호에 힘입어 이런 엄청난 차원의 비밀에 코를 들이밀 수 있다는 건 터키 역사학자에게는 정말이지 둘도 없는 기회였다. 따라서 하칸은 장도리를 들고 역사를 이해해보기로 결심했다. 그는 하늘의 가호를 빌었고, 이 학문적 몽상 같은 일을 끝내는 즉시 메카로 순례를 떠나겠다고 맹세한 다음 인형의 무덤을 열기로 마음먹었다. 무덤은 오래 버티지 못했다. 대리석은 봉인된 게 아니라 돌침대 위에 그저 얹혀 있었다. 그는 육중한 석판을 옆으로 치우고, 잠든 어린아이의 숨소리를 듣기 위해 요람 위로 몸을 기울이듯 극도로 조심스레 무덤을 향해 몸을 숙였다. 배내옷은 시간이 갉아 먹은 탓에 누더기로 변한 채 그저 나무 상자 하나를 덮고 있었다. 하칸은 깊은 안도의 한숨을 내쉬었다. 그가 앞으로 발견하게 될 것 때문이라기보다는 자신의 죄의 목록이 의외로 길어질 것 같지 않아서였다.

무덤은 훼손되지 않았다. 결국 이 하루는 멋진 하루가 될 것이다. 그는 비참한 누더기를 걸친 상자의 상태를 살펴보았다. 그 상자를 열려고 오랫동안 힘쓸 필요도 없었다. 나무는 썩어 있었다. 뚜껑이 벗겨지자 은이 산화한 것 같은(금속에 관한 하칸의 어렴풋한 지식에 따르자면) 두 번째 뚜껑이 나왔다. 루사르 첼릭은 분명 여기까지 오지 않았다. 그는 이 보물이 있을 법한 장소를 알고는 있었지만 그것을 보러 온 적은 없었던 것이다! 시간이 없었던 건지 아니면 사원 안에서 죄를 저지르는 데 대한 불안 때문이었는지는 알 수 없지만 말이다. 하칸은 서둘러 마지막 성소를 열었다. 그는 환상이 사라지고 허상이 드러날까, 배경이 무너지고 사기가 드러날까 겁이 났다. 아니었다. 상자는 거짓말을 하지 않았다. 글자들이 점차 흐려지는 그 커다란 서고 속에는 분명 책 한 권이 들어 있었다. 곰팡이와 시간의 흐름에 글귀들이 손상되고 몸통이 허약해진, 빛바랜 낯빛의 필사본이었다.

하칸은 표지를 살펴보고 화들짝 놀랐다. 표지를 장식하고 있는 그림을 알아본 것이다. 그것은 샤 쿨리의 그림이었다. 몇 주 전에 보르헤스의 주의를 일깨운 그림과 동일한 것이었다. 하칸은 그림 왼편에서 식물 아라베스크 문양 뒤로 몸을 감추려고 애쓴 노고에도 불구하고 코아틀리쿠에를 분명히 알아보았다. 그는 그 물건을 옷 속에 밀어 넣었다. 심장이 너무 세차게 뛰는 바람에 글자들이 그 규칙적인 충격으로 깨지진 않을까 겁이 났다.

그는 상자를 가짜 무덤 속에 다시 집어넣고 뚜껑 문 밖으로 올라왔고, 모자이크처럼 보이고 싶어하는 파편들의 퍼즐을 재빨리 맞춘 다음 공연이 끝난 뒤 수줍게 커튼을

내리듯 그 위로 양탄자를 폈다. 그는 새벽이 밝기를 기다
렸다가 사원 밖으로 빠져나와 인간들의 시간 속으로 돌
아왔다.

이곳, (라틴 아메리카의 시골에서)

아랍, 타타르의 삶이 다시 태어난다.

☾

도밍고 파우스티노 사르미엔토, 『파쿤도』

보르헤스는 공항에서부터 멕시코시티의 반대편 끝으로 그를 실어가기로 한 낡은 자동차 안에서 축 늘어진 채 멕시코의 온갖 신들을 향해 투덜댔다. 몇 시간 전에 하칸이 이스탄불에서 그에게 멋지고도 무시무시한, 기념비적인 발견을 알려온 것이다. 보르헤스는 자기 경력(두 달 전만 해도 땅에 묻혔다고 생각했던)의 최고봉에 이르게 될 것을 직감하고 거품을 물 정도로 안달했다. 그는 파르나소스 산(그리스 신화 속 아폴로와 뮤즈의 영지)의 신과 현자들 틈에서 한자리를 차지하게 될 것이고, 전 세계가 참고하는 인물이, 그의 전공 분야에서 저명인사가, 21세기의 역사가가 되어 앞으로 100년 동안은 어떤 다른 천재도 그의 발목

에조차 못 미치게 될 것이다. 그의 발에 입 맞추기 위해서라면 몰라도. 스톡홀름은 그를 위해 역사 분야 노벨상을 제정할 것이며, 여러 국가 정부에서 그를 초청할 것이고, 시리아 내전에 관해, 예멘 사다 지역의 휴전에 관해, 멕시코의 마약 밀매에 관해 그에게 의견을 물어올 것이며, 미래의 모든 낭만주의자들이 보르헤스가 되기를, 그러지 못한다면 차라리 아무것도 되지 않기를 바라게 될 것이다.

하지만 그렇게 되기도 전에 그는 그와 같은 인물을 맞이할 자격이 없는 이 야만적인 나라가 도로랍시고 깔아놓은 분화구 위를 달리며 요동치는 택시 안에서 다 죽어가고 있었다. 더구나 운전사는 자신이 대체 어떤 영광을 누리고 있는지 알지 못했다. 몇 주 뒤면 그는 신문이며 텔레비전이며 사방에서 보르헤스의 얼굴을 보고 손가락으로 화면을 가리키며 자부심에 들떠 외치게 될 것이다. "저 사람을 봤어! 내가 봤어! 내 택시에 탔던 분이야!" 그러나 딱하게도 지금 보르헤스는 간신히 견디고 있었다. 그는 분화구 위를 빼곡히 채운 모든 운전자들의 브레이크를 모조리 씹어 먹어 모터를 해방시켜 그들을 이 나라의 고속도로로 보내버리고 싶었다. 저들은 위대한 뉴스와 위대한 인물의 출현을 허용할 통로를 자신들이 가로막고 있다는 걸 깨닫지 못하고 있었다.

보르헤스가 유독한 연기를 내뿜으며 충돌할 수 있을 온갖 생각들 너머로 애써 깔아뭉갠 것은, 하칸이 엄청난 가치를 지닌 물건을 수중에 넣었는데 대서양 너머 이곳에서는 아무것도 발견하지 못하리라는 생각, 그가 결코 받아들일 수 없는 생각이었다. 하칸이 온갖 영예와 월계수와 장미와 꿀을 뒤집어쓰는 동안, 지구의 얼굴을 바꾸게 될 이 모든 탐구의 주역인 그는 자두 꽁지나 줍는 신세가 될지도 모른다는 생각이었다. 왜냐하면 어쨌든 그와 같은 위대한 역사학자가 도덕적으로 마땅히 따라야 하는 엄격한 작업 관례에 따라 사건 전체를 고려해볼 때 그는 천재적인 천재이고, 하칸으로 말하자면 대 역사학의 진실을 만천하에 드러내려는 사람에게는 부족하기 짝이 없는 하루 스물네 시간밖에 갖지 못한 스승의 명령에 따라 현지에 파견된 조수에 불과했기 때문이다.

보르헤스는 땀을 뻘뻘 흘리는 바람에 이마에 손수건을 갖다 대기만 해도 흠뻑 젖었다. 비행기에서 쟁반 식사를 하다가 투리스타(여행자가 걸리기 쉬운 설사병)에 걸린 모양이었다. 그는 내심 그렇게 확신했다. 그러자 그의 생각을 온통 차지하고 있던 하칸이 이상한 형태로 변하고 날개까지 달더니 뇌우가 몰아칠 듯한 시커먼 기포 속에서 날아다녔다. 보르헤스는 열이 났다.

뒤숭숭한 밤을 보내고 보르헤스는 정신을 차렸다. 이 도시에서 솔로몬 또는 술레이만을 찾아야만 했다. 아니면 하칸이 얘기한 오스만 사건과 논리적이고 일관성 있는 관계를 정립해줄 무언가를 찾아야만 했다. 하칸의 동굴 및 능묘 탐사 경험 덕에 발견한 어마어마한 이야기가, 국그릇에 떨어진 머리카락처럼 엉뚱한 곳에 툭 떨어진 아즈텍인을 끌어들임으로써 이제 막 터키의 공식적인 역사를 전복시켰다면, 이 도미노 게임은 멕시코 땅까지 이어질 게 틀림없었다. 테노치티틀란의 마요르 신전 그림자 속에서 (저녁 다섯 시였으므로 그림자는 훗날 그의 주장과는 달리 결코 은유적 표현이 아니었다) 보르헤스의 얼굴이 환히 빛났다. 멕시코에서 술레이만이라 불릴 만한 유일한 성소는 틀림없이 그곳이었다. 하칸의 모스크와 어느 정도 경쟁할 수 있는 유일한 사원이었다.

그는 멕시코시티의 대표적인 고고학자에게 연락을 취해, 한 팀을 그곳에 파견해달라고 촉구했다. 아즈텍 사원의 폐허 속에 묻힌 필사본을 찾기 위해 밤낮으로 일할 팀을. 필사본이든 그림이든 도자기든 뭐든 단서를 찾기 위해. 보르헤스는 자신이 방문하는 나라의 관습을 받아들이는 습관이 있었다. 채찍질 아래 이교도의 성당들을 빠르게 건축해낸 이 민족은 틀림없이 마흔여덟 시간 안에 그 빌어먹을 필사본을 그에게 찾아줄 수 있을 것이다.

멕시코시티 대학의 고고학과 학과장은 당혹감을 감추지 못했고, 무한한 인내심을 발휘해 보르헤스에게 설명을 시도했다. 그들 앞에 펼쳐진 드넓은 폐허는 이미 오래전부터 뒤지고 또 뒤졌으며, 오늘날 해야 할 도전은 고대 유적을 발견하는 것보다는 저마다 역사에 기여하려는 관광객들이 관대하게도 남겨놓은 쓰레기 더미를 채굴하는 것이라고 말했다. 보르헤스에게 쓰레기 처리장 보존을 대학 학과의 최종 목표처럼 소개한다는 건 터무니 없는 일이었다. 그 성가신 자를 떨어낼 방법을 찾지 못한 학과장은 그를 국립 인류학 박물관 관장에게 추천했다. 그리고 그날 저녁 당장 그는 개인 전화로 박물관장에게 연락했다. 이

튿날 관장이 만나게 될 낯짝 두꺼운 막무가내 인간에 대
해 미리 얘기해두기 위해.

　박물관장은 집어삼키고 소화할 어떤 오래된 문서만 있
다면 그 아르헨티나인이 얌전해지리라는 걸 깨달았다. 흥
미를 돋울 만한—어떤 식으로든—주술서들은 이미 검토
를 마쳤고, 분류되었으며 조사가 이루어졌다는 걸 인정해
야만 했다. 그리고 비평되었다는 걸. 그리고 비평에 대한
비평을 하기 위해 다시 소환되었다는 걸. 그리고 다음 비
평까지도 끝났다. 이젠 코르테스가 이 땅을 통치하던 시
절의 육중한 장부 두 권만이 남았다. 따라서 박물관장은
보르헤스에게 그 난해한 초판본들을 제안했다. 그에 대한
연구를 더없이 탐날 만한 특권처럼 팔면서.
　보르헤스는 술이 거의 남아 있지 않은 술병 같은 그 문
서를 곧장 받아 들고 그 숫자 더미를 읽기 시작했다. 솔직
히 말하자면 그건 그야말로 수학 잡동사니 쓰레기장이었
다. 통치권 구성원 대부분의 명명백백한 부패는 말할 것
도 없고, 잘못된 계산들은 한심한 에스파냐 학교 교육의
실패를 증언하고 있었다. 그러나 누에바 에스파냐의 일상

에 대해 알려주는 그 장부는 마지막 황제 쿠아우테모크가 동양으로 사라진 데 대한 어떤 흔적을, 단서를 간직하고 있을 게 틀림없었다. 따라서 보르헤스는 한동안 악착스레 매달렸다. 그러나 금세 지치고 말았다. 숫자가 너무 많았다. 그에게는 그보다 의미 개념이 절실히 필요했다.

그는 더없이 정통한 금욕주의적 태도로 수중에 들어온 것을 가지고 머리를 굴렸다. 실제로 그는 페이지를 표시하기 위한 숫자 구실을 문자가 하고 있다는 사실을 확인했다. 그래서 달리 할 것도 없고 해서 그것들을 분류하며 시간을 보냈다. 그러다 문득 그의 수업을 듣는 것보다 스도쿠 게임을 하는 데 더 뛰어난 그의 제자들이 떠올랐다. 그래서 페이지 하단의 모든 문자들을 꼼꼼히 옮겨 적기 시작했다. 마치 의미를 아직 이해하지 못한 채 알파벳 글자들을 되는대로 베껴 쓰는 초등학생 같은 꼴이었다. 보르헤스는—뜻밖의 낙관주의를 드러내며—식민지 초기 누에바 에스파냐에서 사용한 분류 체계에 관한 논문을 쓰는 것도 고려해볼 수 있겠다고 생각했다.

그런데 그는 그 흩어진 문자들이 글자를 구성한다는

걸 차츰 깨달았다. '마니카텍스의 테노치티틀란 도착. 목
테수마와 그의 형제들에게 알린 위험. 오직 쿠이틀라우
악만이 그 말을 듣고 제국의 존속을 생각한다…….' 나란
히 나열된 문자들은 단어를 형성했고, 단어들은 문장으
로 얽혔다! 그는 두근거리는 마음으로 작업에 박차를 가
했다.

몇 달 뒤 보르헤스가 미국의 유명 역사 잡지에 제공하
게 될 이야기를 믿어보자면, 기호들을 끼워 맞추는 이 일
은 아주 오래 걸렸다고 한다. 그러나 사실에 관한 이 버전
은 다른 버전들, 그의 눈앞에서 형체를 그리는 알파벳의
가냘프지만 꼭 필요한 끈에 매달린 채 그가 작업 내내 숨
을 참았다고 주장하는 다른 버전들과는 모순되었다. 사건
의 진상은 결코 알 수 없을 것이다. 그러나 보르헤스가 그
끔찍한 장부에 줄곧 감탄했다는 사실에 대해서만큼은 모
든 출처에서 일치했다. 수학을 결코 신뢰한 적 없던 그가
말이다. 그는 그 문제에 관해 여담처럼 경제적인 분석까
지 했다. 재정 문서를 수수께끼 놀이 공책처럼 여기는 한
국가가 미국의 국내총생산을 뛰어넘지 못했다는 사실은
납득할 만한 일이라고 주장한 것이다. 그의 강연 중에서

이 대목은 학교 교재에 실리지 못했다.

몇 분 뒤 혹은 몇 시간 뒤, 하여간 대단히 상대적으로 달라지는 시간 뒤에 그는 계시를 받았다. 보르헤스는 마지막 문자까지 분류한 뒤, 그의 말을 그대로 인용하자면 "옴짝달싹할 수가 없었다. 아연실색해서 마비된 게 아니라 바로 그 순간 쿠아우테모크에 대한 결정적인 열쇠가 드러났기 때문이었다. 그는 인간의 시간과 공간 속에 완벽하게 정돈된 문헌의 글자들을 보았다."가브리엘 가르시아 마르케스의『백년의 고독』에서 인용 보르헤스는 이 대담을 하고 두 달 뒤에 표절로 고소당했다. 그러나 그 암울한 법정 사건도 그가 이뤄낸 발견의 중요성은 결코 깎아내리지 못했다.

그러나 그는 알지 못했다.

자신이 꿈속에서 나비로 변한 건지

아니면 나비가 꿈속에서 그로 변한 건지.

장자, 「호접몽」

록셀라나는 서재 한가운데에서 꼼짝하지 않고 술레이
만의 말 한 마디 한 마디를 주의 깊게 받아들였다. 그 말
들은 점차 껍질을 벗기듯 그를 발가벗겼다. 술레이만의
목소리는 록셀라나가 알지 못하는 술레이만을 얘기하고
있었다. 그 메아리가 술탄보다 더 실제적으로 느껴졌다.
록셀라나는 술탄의 이야기를 흩트리지 않기 위해 투명 인
간이라도 되길 바라며 꼼짝하지 않았다. 코란에 대고 맹
세한 이후 방 한가운데 선 채였다. 맹세한 뒤 옆으로 물러
났더라면 좋았을 텐데. 그러나 술레이만은 어둠 속에서
자신의 항해를 되짚으며 그녀를 응시하는 게 좋았다. 그

의 눈길은 카바 사원 같은 그녀의 눈에, 그녀의 머리쓰개 아래 감춰진 땋은 머리에 오래도록 머물렀다. 궁정 초상화가가 그린 그림에 얹고 있는 그녀의 손에도 오래 머물렀다. 그의 눈에는 등을 돌린 그림 받침대와 록셀라나밖에 보이지 않았다.

그녀가 뜻한 바도 아니고, 그가 뜻한 바도 아니지만 록셀라나는 그가 하는 이야기에 형태와 일관성을 부여하도록 돕고 있었다. 말을 끊게 될까봐 옴짝달싹 못하는 그녀가 그 이야기의 축을 이루고 있었다. 그녀는 술레이만의 다른 얼굴을 발견하는 데 홀린 채 그의 말을 들었다. 그때까지 그녀의 눈에는 보이지 않던 면모였다. 그녀는 자신이 그토록 잘 안다고 믿었던 술레이만이 그녀에게 제시하는 그 분신에 마음이 흔들렸다. 아니 어쩌면 자기도 모르게 매료되었는지도 모른다. 그녀는 점차 드러나는 술레이만의 다른 얼굴을 응시했다. 그녀 뒤쪽에서 '버려진 거울' 하나가 무대 위의 잊힌 증인인 양 이야기하는 술탄의 얼굴을 비추고 있었다.

위대한 저자들이 대의를 기술할 때 그들이 진짜라고

평가하는 대의들만 이용하는 것이 아니라,

약간의 창의력과 아름다움만 갖추고 있다면

그들이 믿지 않는 대의들까지도 이용한다는 것은

아주 쉽게 확인할 수 있다.

❦

미셸 드 몽테뉴, 『수상록』 3권

보르헤스는 멕시코의 회계장부에서 해독한 전언에 문맥상 정확한 의미를 제시함으로써 세계사의 모든 확신들을 뒤엎을 사실에 관한 저서를 펴낼 참이었다. 그러자면 크리스토발(콜럼버스의 에스파냐어 이름)이라는 야비한 식민지 개척자가 도착한 시절로 거슬러 올라가야만 했다. 그 시절에 이 인물은 항해 경력에 있어서는 아직 애송이였다. 그는 1492년에 얼빠진 표정으로 배에서 내려 늙은 아메리카 해안에 발을 디뎠다. 그는 인디언들을 상당히 많이 죽었는데, 그중 몇몇은 꽤나 끈질겼다. 역사는 특히 그 유명한 추장 카오나보를 기억하고 있다. 양순하지도 않고 타협적이지도 않았던 그는 콜럼버스에게 대들었고, 깃털 달린 모자를 우스꽝스럽게 쓰고 반바지를 입은 그 촌뜨기들로부터 히스파니올라 섬을 지키기 위해 싸웠다.

그러나 총으로 사람을 죽일 때는 조롱으로는 대적할 도리가 없는 법이다. 콜럼버스는 그 지역을 굴복시켰고, 그곳에 일행을 남겨둔 채 다시 에스파냐로 돌아가 이사벨라 여왕에게 알렸다. 그렇게 풍성한 부, 그렇게 귀한 보석이며 진귀한 향신료, 광대한 산과 푸르디푸른 나무, 그 멀고도 먼 이방의 땅에만 있는 기묘한 세이렌은 태어나서한 번도 본 적이 없으며, 그런 풍성함을 폐하께서 보신다면 놀라실 수밖에 없을 거고, 자신이 본 그 모든 엄청난 경이로움의 백 분의 일밖에 얘기하지 않았음을 보증하니 믿어달라고 분명히 말했다.

그동안 카오나보는 미리 꾸며둔 놀라운 흉계를 마무리지었다. 작업은 효과적이었고 말끔했다. 섬은 몇 주 만에 깨끗해졌다. 1년 뒤 돌아온 콜럼버스가 그의 부하 중 한 명만이 럼주 한 잔을 들고 그를 맞이하는 걸 보았을 때 어떤 고통을 느꼈겠는가! 그로선 버려둔 정원의 잡초를 다시 뽑는 길밖에 없었다. 대포를 잘 다루는 그는 능란한 솜씨를 발휘해 남아 있는 주민을 말살했다. 저항은 언제나처럼 여전히 뜨거웠다. 카오나보는 끈질겼다. 그러나 콜럼버스는 그를 누르고 1495년 베가 레알 전투에서 항복시켰다.

콜럼버스는 카오나보를 죽이지 않고 야생 짐승을 좋아하는 궁정 사람들에게 보여주려고 참으로 관대함을 발휘해 그를 전리품 삼아 카스티야로 실어가고 싶어했다. 전설에 따르면—왜냐하면 여기서는 역사적 사실이 아니라 전설이 끼어들기 때문에—추장의 동생인 마니카텍스는 학살 당시 형의 목숨을 구하려다 죽었다고 한다. 그가 은밀히 도주했으리라고는 누구도 의심하지 않았다. 용감무쌍하기로는 마니카텍스도 카오나보와 너끈히 어깨를 겨룰 만했다. 그는 자신이 죽는 편이 유용했다면 결코 히스파니올라를 버리지 않았을 것이다. 그러나 그곳은 모든 게 짓밟혔다. 폐허와 재만 남았다. 콜럼버스는 승리했고, 대적하는 세력은 한 줌도 채 되지 않았다. 정복자들의 군대에 비하면 참으로 보잘것없었다.

마니카텍스에게는 자결 외에는 단 한 가지 길밖에 남아 있지 않았다. 예전에 카오나보와 협력했던 몇몇 인디언 추장들을 찾아가 이 사실을 알리는 것이었다. 어쩌면 저항 전선을 조직해서 정복자와 싸워 그를 대륙에서 멀리 추방할 수 있을지도 몰랐다. 그럴 경우 카리브 제도의 복수는 다만 미뤄질 뿐이다. 먼저 위임이 이뤄져 다른 민족들이 콜럼버스에게 수모를 가할 수만 있다면, 그리고 모든 백인들을 에스파냐로 내쫓아 다시는 돌아오지 못하게 한다면 복수는 효과적일 것이다.

마니카텍스는 여러 지역을 돌며 몇몇 추장들에게 위험을 알렸다. 그의 목표는 아즈텍의 황제가 신도들을 지키고 있는 테노치티틀란에 도달하는 것이었다. 목테수마를 늘 경계했던 카오나보는, 외교와 무역에 있어 그와 대단히 용의주도한 관계를 맺고 있었다. 그들의 공통된 이득은 제한적이었지만, 그렇다고 대립할 만한 실질적인 근거도 없었다. 그것만으로도 공통된 이득이 되었다. 배신과 민족 간의 마구잡이 학살로 망가진 그 지역에서 할 수만 있다면 동맹을 지키는 편이 나았다. 아즈텍 제국도 하나의 시한폭탄 같았다. 폭발은 시간문제였다. 마니카텍스는 몇 개의 검이 목테수마의 자존심을 하루아침에 무너뜨리는 것을 지켜보며 즐길 수도 있었을 것이다. 그러나 콜럼버스와 그 부하들이 문명의 이름으로 야만적인 전진을 계속하도록 내버려두는 건 내전보다 훨씬 더 위험한 일이었다.

그래서 마니카텍스는 여행을 떠난 것이다. 그의 좌절이 시작되었다. 그 좌절은 죽지 않으려면 달리 대안이 없어 집어삼켜야만 했던 고약한 옥수수죽으로 끝나지 않았다. 그의 허약한 장도 도움이 되지 않았다는 사실은 인정해야 했다. 게다가 갈 길은 멀었다. 지름길인 줄 알고 여러 번이나 우회하고, 불운한 만남과 통역상의 오류들을 겪으며 마침내 그는 테노치티틀란에 도착했다. 조금 늦긴 했지만. 히스파니올라를 떠난 지 10년 만이었다.

험담하기 좋아하는 이들은 그가 여행길에 칼라피아의 여전사 곁에서 오래 지체했을 거라고 의심했다. 또 어떤 이들은 불가사의하게 사라진 15세기의 연대기들에 그가 돈디에고 데 라 베가라는 사람의 땅에서 오래도록 머물렀다고 기록되어 있다고 주장했다. 어쨌든 그러한 기록의 신빙성을 확인하기는 힘들어 보인다. 마니카텍스의 무훈에 관해서는 아직 발굴해야 할 탐구 영역이 남아 있어서, 보르헤스의 영적 자식들이 논문 주제로 많이 다룰 게 분명하다. 마니카텍스는 1505년 테노치티틀란에 발을 디뎠다. 그의 발은 온통 물집과 못투성이였다. 그는 도시가 여전히 그 자리에 있고, 에스파냐인들이 그보다 먼저 도착하지 않았다는 것을 확인하고 가장 먼저 안도의 한숨을 내쉬었다. 또 목테수마와 그의 동생 쿠이틀라우악을 상대로 비밀 알현을 금세 얻어내고선 두 번째로 안도했다. 마니카텍스는 두 왕자 곁으로 인도되었다. 그는 10년만 빨랐더라면 훨씬 더 설득력 있었을 만한 어조로 얘기했다. 그의 이야기는 식은 음식을 다시 데운 맛을 살짝 풍겼고, 마니카텍스는 말하면서도 내심 자기 이야기에 타당성이 있는지 자문했다. 어쨌든 그것이 지난 10년 동안 그를 이동하게 만든 유일한 이유였기에 이제 와서 그 시도를 포기할 수는 없었다. 그랬다간 아무 의미도 남지 않을 터였다.

목테수마는 그의 말을 건성으로 들었다. 다른 세기에서 온 것 같은 그 무의미한 말에 큰 관심을 기울이지 않았다. 한편 쿠이틀라우악은 마니카텍스의 이야기를 무심히 듣지 않았다. 그는 언제나 신중했고 매사를 분석했다. 권력에 이르는 가장 짧고 빠른 길을 계산하는 실용적인 인물인 그의 형과는 전혀 달랐다. 쿠이틀라우악은 출렁이고 일렁이는 물 같은 사람이었다. 수면을 때리는 햇살이 택한 각도에 따라 여러 빛깔을 비추는 물이었다. 마니카텍스는 콜럼버스가 남쪽으로 자기 길을 이어가리라 믿게 하는 많은 이유들을 열거했다. 콜럼버스는 틀림없이 테노치티틀란의 문을 두드릴 것이다. 목테수마가 설득당하지 않으리라는 걸 마니카텍스는 아마 알았을 것이다. 그는 황제가 자신을 멸시하는 것을 감지했다. 반면 쿠이틀라우악은 먹이에 달려들기 전에 맴을 도는 독수리처럼 그들의 머리 위를 떠도는 잠재적 위험에 대한 이야기를 수긍할 만한 것으로 여겼다. 달력은 한 주기의 종말이 임박했음을 예고하고 있었다. 게다가 그들에게 잠재적 위험을 예고하는 저 이방인이 무슨 이득을 누리겠는가? 그가 그들에게 권하는 건 그저 조심하고 방어적인 태도를 취하라는 것뿐이었다. 콜럼버스라는 작자건 아니면 그 어떤 외부의 도전이건 그에 맞선다고 해서 그들에게 해가 될 건 없을 것이다. 섬의 완전한 파괴며 거칠기로 이름난 섬 주민 말살에 관해 마니카텍스가 얘기하는 세세한 사실에는 어쨌든 주의를 기울일 만했다.

목테수마는 그 믿기지 않는 순례자에게 감사 인사를 했고, 그 어느 때보다 경계심을 드러내는 쿠이틀라우악 앞에서 다 끝난 일이라고 선언했다. 목테수마는 뜻밖의 미숙함을 드러냈다. 그는 경계를 촉구하는 마니카텍스의 말을, 그의 제국을 최선으로 통치하는 그의 능력을 문제 삼는 것으로 받아들였다. 신중한 조언이 그에게는 개인적인 공격처럼 비쳤던 것이다. 이미 끝난 일이라고? 좋다. 그러나 쿠이틀라우악에게는 끝난 일이 아니었다.

경종을 울려 온 주민에게 경각심을 불러일으키는 건 아마 시기상조일 것이다. 그러면 적군이 당장에 들이닥치지 않는 걸 보고 주민들은 경계를 풀 것이고, 다음 경보를 진지하게 받아들이지 않을 것이다. 그럼에도 뭔가 해야만 했다. 주사위 던지기가 때로는 괜한 화를 자초하기도 한다고 말해봐야 소용없다. 가족들의 목이 잘리는 광경이 머리에 떠올라 그는 견딜 수가 없었다. 아니다. 그는 황제인 형의 순간적인 판단 때문에 그들의 왕조가 몰락하도록 내버려두지 않을 작정이었다. 해결책을 찾아야만 했다. 그는 속마음을 감춘 채 가문의 일파라도 구하기 위해 달아나 다른 곳에 정착할 수는 없었다. 가장 가까운 친지들에게 알리는 것도 생각할 수 없었다. 최악의 경우 그는 형이 부여한 질서를 뒤흔들고 반역 행위를 했다는 죄목으로 단죄당하게 될 것이다. 그는 몇몇 사촌들이 그에게 보이는 충성심을 믿지 못했고, 여러 사람이 그의 경고를 뜻밖의 횡재처럼 여기리라 상상했다. 목테수마에게 동생의 일탈을 일러바치면 분명 공직을 받고 특혜를 얻게 될 것이다. 그런 식의 분규가 발생하지 않더라도, 행여 그들이 쿠이틀라우악의 말을 진지하게 받아들인다 하더라도 인디언 무리가 어딘지 알지 못하는 곳을 향해 길을 떠난다면 눈에 띄고 말 것이다. 그렇다면 목테수마가 그렇게 무례한 방식으로 자신의 면전에서 사라지는 것을 결코 좋아하지 않으리라는 건 명명백백한 일이었다. 그는 모든 문과 다리를 폐쇄하고, 길을 막고 사람들의 머리를 잘라버릴 것이다. 한마디로 예감이 좋지 않았다. 다른 해결책을 찾아내야만 했다.

쿠이틀라우악은 그에게 강한 애착을 품고 있는 사촌 쿠아우테모크를 만나보기로 마음먹었다. 쿠이틀라우악은 어린 맹수 같은 그를 첫 수련 시절부터 자기 날개 아래 품어주었다. 쿠아우테모크는 다혈질에 민첩하며 꾀바르고 영리했다. 그 아이의 연약한 8년의 시간을 들여다보면 높이 날아오르고, 성장하고, 지배할 준비가 되었음이 느껴졌다. 아직은 너무 어리고, 어쩌면 세상 사람들 눈에는 미숙해 보일지 몰라도 장차 지도자가 될 재목이 틀림없었다. 따라서 그 아이는 확 낚아채어 훨씬 평온한 땅에 내려놓기에 이상적인 인물이요, 조금 먼 곳에서 제국을 다시 건설하도록 지목된 인물이었다. 해가 저물어가자 외로운 알바트로스는 소비하고 남은 하루의 잔해를 날개 사이에 품고 가져갔다. 하늘은 빛바랜 자줏빛 천조각처럼 산산이 흩어졌다. 아직 몇 분 정도, 마지막으로 배경이 바뀔 시간 동안, 보호할 인물을 찾아온 쿠이틀라우악의 방문은 별 어려움 없이 진행될 터였다. 중앙 거처를 비운 그의 부재를 누구도 의심하지 않을 것이었다.

쿠이틀라우악이 말리지 않았더라면 쿠아우테모크는 방의 집기를 모조리 부숴버렸을 것이다. 격분한 그는 자신이 이젠 아이가 아니라는 걸 증명하려는 듯 장난감을 모조리 집어 던졌다. 그는 결코 위험을 피하기 위해 떠나지 않을 것이며, 가족과 제국을 버리지 않을 것이며, 무능하고 비겁한 모습을 보이지 않을 것이다. 왜 하필 그여야 하는가? 어째서 쿠이틀라우악은 할 수 없는가? 제국이 죽고 난 뒤 다시 나타나 데우스 엑스 마키나(연극에서 예기치 않게 나타나 절망적인 상황을 해결해주는 인물) 역할을 하도록 편안한 곳에 살려두어야 할 추악한 희생양을 지목해야 한다면, 그 인물이 자신이어서는 안 된다. 쿠이틀라우악이 마니카텍스가 꾸며낸 이야기에 신경 쓰건 말건 그는 상관 없다! 떠나서 다치지 않고 먼 곳에서 제국을 지켜야 할 사람은 쿠이틀라우악이다. 쿠아우테모크는 남을 것이다.

이 같은 저항 앞에서 난감해진 사촌 형은 이웃 사람들이 몰려들기 전에 가능한 한 빨리 쿠아우테모크의 입을 다물게 하려고 애썼다. 그가 가진 무기라곤 약속뿐이었다. 안타까운 약속뿐이었다. 쿠이틀라우악이 남아 있어야 한다는 점은 설득할 수 있었다. 고함 치고 우느라 지친 아이는 열에 들뜬 채 금세 잠들었다. 쿠이틀라우악은 밤을 꼬박 새웠다. 그는 잠시 어딘가 다녀온 뒤 어린 왕자의 곁을 지켰다. 왕자는 이제 꿈속에서 평온을 되찾았다. 딱 한 번

잠에서 깨어나 마실 것을 찾았다. 쿠이틀라우악이 조금 전에 가져온 잔을 그에게 내밀었다. 쿠아우테모크는 보호자의 배려로 마약에 취한 채 다시 깊은 잠에 빠져들었다. 이날 밤 쿠이틀라우악은 텍스코코 호수에서 몽롱한 아이를 배에 실었다. 가장 충실한 종복 세 명과 점성가 한 명에게 화물을 잘 지키고 아주 멀리 실어가도록 맡겼다. 시에라를 벗어나 해안 지역에 이르면 바다로 나아가라고 했다. 점성가에게 그때까지 지도를 만들고 가장 안전해 보이는 여정을 짜게 했다. 그 유명한 콜럼버스의 범선들과 반대로 가는 여정을. 그 범선들이 정말로 바다 너머 땅에서 왔다면 아즈텍 사람들도 어려움 없이 그 땅을 만날 수 있을 것이다. 쿠아우테모크는 자유로울 것이고 무사할 것이다. 지진이 테노치티틀란을 집어삼키더라도 이 종족은 사라지지 않을 테고, 때가 되면 쿠아우테모크가 돌아와 왕위를 노리는 자들을 모조리 거칠게 꺾어버릴 것이다.

다음 날 쿠이틀라우악은 당장 마니카텍스를 찾아 나섰다. 시장 근처에 몸을 누일 곳을 찾아 묵고 있던 마니카텍스는 전날의 경험 때문에 마뜩잖은 얼굴로 그를 맞이했다. 쿠이틀라우악은 형의 무례함에 대해 용서를 구했고, 자신은 형의 아마추어 같은 태도와는 전적으로 다른 의견을 가졌음을 거듭 밝혔다. 제국이 처한 엄청난 위험을 짐작한다는 것이었다. 그는 다시 말을 잇기 전에 잠시 뜸을 들이며 망설였다. 그러다 말을 꺼냈다. 마니카텍스에게 자신의 동맹이, 자신의 오른팔이 되어줄 수 있는지 청한 것이다. 그런 제안을 예상하지 못했던 마니카텍스는 경계심을 보이며 상대의 의도를 파악하려 했다.

쿠이틀라우악은 먼저 그에게 약속을 요구했다. 약속 없이는 아무 말도 하지 않겠다고 했다. 마니카텍스는 궁금증이 더욱 커졌고, 어쨌든 자신은 잃을 게 없다고 생각했다. 그의 삶, 그의 땅은 이미 폐허가 되었다. 이제 그는 아무 존재도 아니었고, 어디로 가야 할지도 알 수 없었다. 쿠이틀라우악이 그에게 어떤 제안을 하건 아무 상관 없었다. 쿠이틀라우악은 그를 개처럼 맞이한 목테수마보다는 훨씬 믿을 만하고 건실해 보였다. 쿠이틀라우악이 황제의 뼈를 부러뜨려 자신의 야심을 채우기 위해 도움의 손길을 필요로 한다 하더라도 그를 도울 작정이었다. 의미와 양식이 지구의 이 영역을 떠나면서 무력한 마니카텍스를 데리고 가는 걸 잊었다. 뿌리 없이 이 땅을 홀로 떠돌고 있는 그는 자신에게 처음으로 손 내미는 사람에게 힘 있는 손길을 내줄 작정이었다. 게다가 손을 내민 사람은 다름 아닌 황제의 형제, 잠재적인 왕좌 승계자였다. 그는 받아들였다.

쿠이틀라우악은 가족들에게 쿠아우테모크가 지난밤에 정신을 잃었다고 알렸다. 그래서 새벽에 종복 몇 명을 붙여 그를 근처 시에라의 주술사들에게 보냈다고 주장했다. 마니카텍스는 사라진 아이의 이목구비를 얼추 떠올리게 하는 젊은 노예 한 명을 떠돌이 상인에게서 사는 일을 맡았다. 석 달 뒤 쿠아우테모크가 돌아왔을 때 사람들은 그가 어딘지 달라졌다고 느꼈다. 주술사의 치료가 그를 내면 깊이 바꿔놓은 모양이었다.

역사가 언제나 반복된다는 건 누구나 안다. 그 영원한 회귀를 정확히 해석해내기란 참으로 어려운 일이다. 낯선 무리가 테노치티틀란의 문 앞까지 와 있다는 소문이 떠돌자 목테수마는 아즈텍 달력이 예고한 케찰코아틀 신이 돌아온 것이라 믿었다. 쿠아우테모크의 옷을 걸치고 죽을 때까지 그의 이름으로 싸우게 될 마니카텍스는 야만인들의 침략 주기가 반복된다는 걸 알았다. 콜럼버스가 돌아온 것이다. 목테수마는 반대 목소리들에 귀를 닫고 그릇된 생각을 고집했다. 마니카텍스는 한 가지 오류밖에 범하지 않았다. 대단히 미미한 오류였다. 돌아온 건 콜럼버스가 아니었다. 콜럼버스는 인도 계획에서 금세 방향을 틀었고, 용들을 불러내는 시간에 거울을 사용하는 것이 적절한지에 관한 파울로 토스카넬리, 『용들을 불러내기 위한 거울에 관한 개론』을 참조할 것 중대한 문제를 두고 토스카넬리에게 맞서 무모한 논쟁에 뛰어들었다가, 거의 노인이 되어 그의 삶을 떠나지 않던 용과 세이렌 사이를 떠돌며 발라돌리드에서 조용히 죽어갔다. 돌아온 인물은 콜럼버스는 아니었지만 콜럼버스의 아류, 어쩌면 좀더 노쇠한 콜럼버스라 할 수 있는 에르난 코르테스였다. 개는 고양이를 낳지 않는 법이다. 길은 이미 닦여 있으니 서쪽 해안에 다시 좌초하기 위해 코르테스는 그저 조수 주기만 관찰하면 되었다. 그리고 그는 쉬지 않고 파괴를 다시 개시했고, 피를 재로 바꾸어놓았다.

카이사르의 이야기와 아일랜드인 음모자의 이야기가 지닌

이 유사성은 (그리고 또 다른 유사성들은) 라이언에게

시간의 비밀스런 형태를, 선들이 끝없이 되풀이되는

그림을 가정하도록 이끈다. 역사가 역사를 복제했으리라는 것도

상당히 놀라운 일인데, 역사가 문학을 복제한다는 건

그야말로 상상을 초월하는 일이다….

호르헤 루이스 보르헤스, 『픽션들』

하칸은 기록적으로 빨리 집에 돌아왔다. 달리기는 그
가 세상에서 가장 싫어하는(감출 수 없는 그의 뱃살에
관한 천박한 언급 말고는) 일이지만 이스탄불의 모든 마
라톤 선수들의 기록을 깰 만큼 빨리 달렸다. 탁심에 도착
한 그는 정신을 잃을 정도로 숨을 헐떡이며 집으로 들어
가 문을 잠갔다. 기운을 좀 회복하고 심장이 정상적인 리
듬을 되찾을 시간을 갖고 싶었지만, 주머니 속에 든 필사

본을 생각하자 심장이 다시 비정상적으로 박동하기 시작했다. 따라서 그는 목숨을 걸고 독서에 뛰어들었다. 고대 터키어로 작성된 그 텍스트의 문학성은 빈약했다. 첫 페이지에 제시된 기록이 정확하다면 이해할 만한 일이었다. 그 연대기는 술레이만 술탄의 요구에 따라 비천한 종복 샤 쿨리가 기록한 것이었다. 샤 쿨리의 그림은 아주 잘 알려져 있지만 그의 시적 재능은 언급된 적이 없었다. 이야기의 도입부에 자리한 그림은 틀림없이 의도적으로 그곳에 배치되었을 것이다. 그것은 그렇게 보잘것없는 글 작업을 용서받기 위해 샤 쿨리가 내놓은 선물이요, 일종의 그림을 통한 사죄였다. 화가는 자신보다 더 나은 서기가 국가의 토대를 변장시키는 작업을 맡을 수도 있었으리라는 사실을 분명히 의식하고 있었던 듯했다.

샤 쿨리의 이야기는 그레고리안력 1511년에 해당하는 헤지라력 931년으로 거슬러 올라간다. 그 시절 트라브존의 통치자 셀림은 대단히 무료했다. 그는 그의 아버지 술탄이 그를 중요하지 않은 직무에 묶어둠으로써 권력의 쟁점에서 멀리 떼어놓으려 한다고 의심하기 시작했다. 셀림은 그의 아버지가 계승 문제에서 다른 아들에게 특혜를 주도록 결코 가만있지 않을 작정이었다. 따라서 그는 형제들을(그리고 신중해서 나쁠 건 없으므로 그들의 자손까지도) 양파 베듯 줄줄이 칼로 제거했다.

그러나 자기 아들인 술레이만을 죽이는 건 망설였다. 어쩌면 그가 피해망상에 사로잡힌 건지 모르지만, 조부와 긴밀한 관계를 맺고 있던 술레이만이 그에게 맞설지도 모르는 일이었다. 술레이만이 족장과 온 가문의 원수를 갚으려 들지 않으리라고 보장해주는 건 아무것도 없었다. 아들을 죽일 생각을 하자니 아무래도 양심에 걸렸다. 그에게는 아들이 하나뿐이었기 때문이다. 쓸모없는 딸은 셋이나 있었다. 그가 술레이만을 제거하면 유일한 후계자를 제거하는 것이다. 그렇게 한다면 제국을 약화시키고, 오스만의 장래에 관한 더없이 광적인 공론의 문을 열어 새로운 전쟁을 부추길 터였다. 온갖 사람들이 후계자 없는 술탄을 쫓아낼 수 있는지 보려고 모의를 꾸미고 닥치는 대로 끼어들 터였다. 이런 가능성은 대단히 위험해 보였다. 우선 그는 그의 형제들을 모두 끝장낼 작정이었다. 그러고 나서 술레이만에 대해 고민하기로 했다.

연쇄 살해는 하룻밤에 이루어졌다. 터키 전통에 따라 이 밤은 '긴 칼날의 밤'이라 불렸다. 이름이야 뭐라 붙이건 이 밤에 셀림은 의도치 않게 자신도 꼬치에 꿰일 뻔했다. 가문에 덮친 고요한 학살의 물결을 감지한 형제 하나가 셀림을 상대로 함정을 팠던 것이다. 젊은 병사 하나가 두 형제 사이에 끼어들어 그에게 가해졌을 치명적인 타격을 빗나가게 하지 않았더라면 셀림은 그 함정에서 빠져나오지 못했을 것이다. 그 병사는 팔에 깊은 상처를 입었지만 처소를 벗어나 무사히 달아났다.

혼란이 가라앉고 도시는 평온을 되찾았고, 셀림은 권력에 취했다. 다만 한 가지 의문이 그를 떠나지 않았다. 그가 목숨을 빚진 청년의 이름은 무엇이었을까? 군대에 알아보았지만 그 사건 이후로 청년은 다시 눈에 띄지 않았다. 도시의 모든 모스크와 의료원을 뒤져 마침내 그는 자신의 목숨을 구해준 이를 찾을 수 있었다. 그 청년은 피를 너무 많이 흘려 끔찍한 상태였다. 셀림은 종복들을 시켜 그를 궁으로 데려와 가장 좋은 방에 묵게 하고 아들처럼 돌보게 했다. 그리고 매일같이 그에게 들러서 잘 보살

피고 있는지, 부족한 건 없는지 확인했다.

어느 날 셀림은 그에게 이름을 물었다. 병사는 대답을 거부했다. 그러나 술탄에게는 누구도 거부할 수 없는 법이었다. 그래서 그는 알리라고 대답했다. 알리는 차츰 기운을 회복했다. 의사가 그에게 일어나도 좋다고 처음으로 허락했을 때 셀림이 그 자리에 있었다. 그는 청년의 첫걸음을 대동하고 싶어했다. 아직은 살짝 비틀거렸지만 청년은 조금 걸을 수 있었다. 셀림은 그를 부축하며 신하들에게 두 사람만 남기고 자리를 비키라고 명령했다. 몇 발짝 걷다가 지친 병사가 앉고 싶어하자 셀림은 그와 함께 앉았다.

술탄은 자신이 보호하는 자에게 마음속에 담아둔 말을 어떻게 털어놓아야 할지 알지 못했다. 청년은 술탄이 생각에 골똘히 잠긴 모습을 보았다. 청년은 있는 대로 촉각을 곤두세워 셀림에게 제국 때문에 번민하는지 물었다. 셀림은 미소 지었고, 부드러운 눈길로 청년을 바라보았다. 술탄은 대답했다. 내가 근심하고 있다는 걸 제대로 보았구나. 그러나 그 이유는 짐작하지 못하고 있구나. 네가 용기를 발휘해 내 목숨을 구한 밤 이후로 나는 네가 왜 그랬는지 줄곧 생각하고 있다. 네가 왜 나를 위해 목숨까지 바치려 했는지. 그렇게 젊은 사람이…… . 네가 아무리 술탄을 공경한다 해도 젊음의 본능이 너를 붙들어 단검으로부터 멀어지게 했을 텐데 말이다…… . 병사는 말이 없었다. 셀림은 대답을 기다렸다. 술탄을 기다리게 해서는 안 된다는 걸 청년은 잘 알고 있었다. 따라서 하는 수 없이 입을 열었다. 그는 자신에게는 어머니도 아버지도 형제도 없다고 짤막하게 대답했다. 가족과 헤어진 그에게는 어떤 상처도 그 이별의 고통보다는 아프지 않을 것이라고 했다.

그는 셀림이 당황하는 것을, 그의 눈에 죄책감이 어리는 것을 보았다. 청년은 술탄이 잘못된 짐작을 했음을 즉각 알아차렸다. 술탄은 아마도 청년이 제국의 군대가 저지른 약탈로 부모와 헤어지게 된 거라고 믿는 모양이었다. 청년은 군주에게 아버지 같은 깊은 애정을 느끼기 시작했다. 그래서 서둘러 자신의 생각을 명확히 밝혔다. 아닙니다, 아닙니다, 셀림 술탄이나 술탄의 부왕께서는 제 불행의 원인과는 전혀 무관하십니다. 청년은 민병대에 입대 신청을 했을 당시 이미 고아로 멀리서 온 처지였다. 술탄은 눈썹을 치켜뜨며 좀더 정확한 사실을 알고 싶어했다. 멀리서……. 멀리서라니 어디서 말이냐? 청년의 얼굴이 어두워졌다. 멀리서…… 바다 건너에서입니다……. 마르마라 해 말이냐? 지중해? 청년은 고집스레 고개를 저었다. 술탄은 짜증이 났다. 술탄을 기다리게 해서는 안 된다. 청년은 냉소적인 어조로 덧붙였다. 저는 인도의 금과 마찬가지로 세비야에 도착했습니다. 청년이 내놓는 정보마다 대화 상대를 괴롭히는 것 같았지만 그래도 술탄은 그를 발가벗기는 일을 계속했다. 저는…… 대양을 건넜습니다. 큰 대양을 건넜습니다. 보아하니 동쪽에 위치한 다른 땅에서 온 사람들이 건너왔다는 대양입니다. 저는 그 길을 거꾸로 거슬러 왔습니다.

술탄은 소스라쳤다. 그는 해괴한 신대륙을 발견했다는 그 기상천외한 이야기를 들은 적이 있었다. 전지전능하신 유일신의 존재를 알지 못하는 반인반수의 생명체들이 살고 있지 않았다면 알라의 천국이라고 했을 땅에 관한 이야기였다. 그러나 그런 터무니없는 이야기를 그는 믿지 않았다. 그런데 그런 소문을 돌게 한 외교적인 경로와는 전혀 무관한 청년이 똑같은 이야기를 한 것이다. 세상의 지도 위에 없는 다른 왕국의 존재를.

셀림은 그에 대해 더 알고 싶었다. 청년은 그의 친척 가운데 한 사람이 그들의 도시를 파괴하려는 이방인들의 존재 때문에 그를 깊은 잠에 빠뜨려 강제로 고향을 떠나게 했다고 얘기했다. 그 친척의 이야기가 허튼소리였는지 아닌지 청년은 여전히 확실히 알지 못했다. 하지만 의지 없는 꼭두각시라도 부리듯 그의 운명을 결정해버린 그의 사촌을 무척이나 원망했다.

바로 그때 나는 새로운 인간이자 고독한 인간,

결혼도 하지 않고, 아이도 없고, 조상도 거의 없는 인간,

내면의 이타케 말고는 다른 이타케를 갖지 못한

오디세우스가 되는 특권을 깨달았다.

나는 어떤 장소에도 온전히 속한다는

느낌을 가진 적이 없었다.

사랑하는 나의 아테네에조차도.

마르그리트 유르스나르, 『하드리아누스 황제의 회상록』

침묵이 흘렀다. 록셀라나는 감히 숨 쉴 생각조차 하지 못한 채 귀를 곤두세우고 경청했다. 그는 마치 텍스코코 호수에서 떠나온 결정적인 순간부터 고향 땅과 그를 갈라놓은 거리를 가늠하려는 듯 잠시 멈춘 지점에서 이야기를 다시 이었다.

불운의 동료가 되어버린 그의 간수들은 몇 달간의 긴 항해 끝에 저 멀리서 다른 대륙을, 새 땅을 알아보았다. 마침내 수평선 위로 가느다란 검은 선을, 끝없는 물결을 자르는 방책을 확인하고 얼마나 기뻤는지! 그들은 자신들이 어떤 위험을 무릅쓰고 해안으로 접근하고 있는지 잘 알고 있었다. 그리하여 배를 난바다에 남긴 채 밤에 카누를 타고 노를 저어 항해를 끝냈다. 그들은 카누를 물가에 버리고 짧은 바지와 깃털 달린 모자를 쓴 사람들이 득실거리는 낯선 세계로 들어섰다.

다섯 인디언들은 적의 땅에 오래 머물고 싶지 않았다. 그들은 어떤 방향으로 가야 할지 알지 못한 채 걸었고, 그 땅의 언어를 한 마디도 할 줄 몰랐기에 길을 잃고 말았다. 더구나 무진 애를 썼지만 사람들의 눈에 띄지 않기는 어려웠다. 그들이 이름을 기억하지 못하는 안달루시아의 어느 촌락에 우리의 이야기에 매우 폭넓은 영감을 불어넣어준, 『재치 있는 시골귀족 돈 키호테 데 라 만차』라는 제목의 원고를 쓴 작가에게 심심한 감사의 말을 전한다 한 에스파냐 귀족이 살고 있었다. 킥사다였는지 케사다였는지 그 이름은 정확히 알지 못했다. 그 귀족은 한가한 때에는, 다시 말해 거의 1년 내내 정복에 관한 책을 읽는 데 푹 빠져 사냥이며 심지어 재산 관리마저 거의 까맣게 잊고 지낼 정도였다는 사실을 알아야 한다. 호기심과 기벽이 도를 넘어, 정복자들의 이야기를 사들이기 위해 좋은 토지를 여러 아르팡이나 팔아 치울 정도였다. 그는 독서에 푹 빠져 저녁부터 아침까지 밤을 꼬박 새웠고, 다시 아침부터 저녁까지 온종일 책만 읽었다. 잠도 거의 자지 않고 책만 읽느라 뇌가 메말라 머리가 돌아버릴 지경이었다. 책에서 읽은 온갖 것들이 그의 상상을 채웠다. 용감무쌍한 추장, 유혈이 낭자한 전투, 황금 산, 보석이 가득한 강, 사람을 홀리는 세이렌, 야만적인 토인들…….

그러니 어느 화창한 날 아침, 그의 집 앞에 도착한 다섯 인디언을 보았을 때 그가 얼마나 황홀했겠는가. 그는 인디언들이 어떻게 거기까지 오게 되었는지 이해하려 애쓰지 않았고, 그 사건을 그가 참으로 숭배하는 주님의 선물로 여겼다. 그리고 서둘러 그다지 야만인 같지 않은 인디언들을 돕기 위해 나섰다. 그들은 그림과 스케치를 통해 서로의 말을 알아들었고, 적어도 서로 이해했다고 믿었다. 킥사다인지 케사다인지 다섯 가지 버전이 모두 다르지만 그 비슷한 이름을 가진 사람 덕에 인디언들은 바다 건너의 옷을 반도의 취향에 맞는 의복으로 재빨리 갈아입을 수 있었다. 그들을 돌본 그 안달루시아 사람은 헌옷을 말 그대로 금값으로 그들에게 팔았다. 그들이 다른 무역화폐를 갖고 있지 않았기 때문이었다. 게다가 그들의 기이한 옷을 수거하는 것도 참으로 구미 당기는 일이었다. 그 지역 구매자의 눈길을 끌 만한 진기한 물건이었던 것이다. 지브롤터까지 그들과 동행한 것도 그 관대한 귀족이었다. 지브롤터에 이르자 선량한 인디언들은 감사의 뜻으로 가진 금의 절반을 그에게 안기고(그 금은 킥사다인지 케사다에게 정복자들에 관한 다른 이야기들을 손에넣게 해주었다) 급조한 뗏목에 올라 야만의 땅을 향해 떠났다. (그 에스파냐 귀족은 평생 이 만남에 아연해했으며, 상당히 늙어서까지도 인디언들에게 영혼이 있다는 걸 입증하려고 절망적으로 애쓰던 가련한 바르톨로메 데 라스 카사스에게 헤레스 와인과 무화과 잼을 가져다주기도 했다. 그러나 역사학자는 이 사건을 다른 출처들을 통해 알아냈다. 샤 쿨리의 필사본에서는 이에 대한 정보를 제공해주지 않았던 것이다.)

쿠아우테모크와 그의 동료들은 베르베르 족과 아랍인들 사이에서 정착할 만한 우호적인 땅을 찾지 못한 채 몇 달 동안 길을 잃고 헤맸다. 점성가의 뛰어난 재능에도 불구하고 사하라 사막 굽이굽이를 가로지르는 그들의 길은 확실치 않았다. 며칠이 지나도록 태양 아래 새로운 것이라곤 보이지 않았다. 그들은 관습의 주름과 터번의 주름에 익숙해졌다. 태양이 그들의 살갗을 태우지만 않았다면 아마 그 지역 어딘가에 정착했을 것이다. 그러니까 그들은 태양의 요람으로 다가가면서 태양이 점점 더 견디기 힘들어지지 않기를 바라며 동쪽을 향해 계속 나아갔다.

휴식은 점점 잦아졌고, 그들의 기이한 행렬은 오아시스에 오래도록 머물렀다. 다섯 명 가운데 한 명은 심지어 사랑에 빠지기까지 했다. 그에게는 딸을 내준 존경하는 장인에게 내놓을 낙타 무리는 없었지만 금은 많았다. 결혼식이 거행되었고, 그 아즈텍인은 눌러앉았다. 행렬은 마차의 다섯 번째 바퀴를 잃은 것이다. 그는 사막 입구까지 동

147

료들을 배웅했고, 두건 달린 아라비아 옷자락을 흔들며 멀어지는 그들을 바라보았다. 횡단 중이던 그 인디언을 지도 위 그 지점에 못 박은 것이 사랑이었는지 아니면 나태함이었는지는 결코 알 수 없었지만 그는 탁월한 선택을 한 것이었다. 왜냐하면 사흘 뒤 모래 태풍이 불어닥쳐 남은 일행 가운데 둘을 실어갔으니 말이다.

그들은 그 의자 놀이에 지치기 시작했다. 둘밖에 남지 않은 행렬은 금세 개종했다. 사내아이와 점성가는 그곳의 신이 지도 위에서 포착한 그들 이교도들을 몰살하려 한다고 생각했다. 그들은 사라진 도서관 때문에 슬퍼하는 도시를, 도시가 되려 하는 일곱 개의 언덕을, 폐허가 된 페니키아 항구를, 5세기 후에 다시 피범벅이 될 마을을 지났다. 머리를 어디에 둘지 알지 못한 채 그들은 그날그날의 물결에 실려 바람 부는 대로 떠돌다 이즈미르 만에 이르렀다. 그날 저녁 그들은 기진맥진한 채 어느 선술집에 들어섰다. 초콜라틀나우아틀어로 초콜릿 한 잔만 먹을 수 있다면 그들은 없는 아버지와 어머니라도 팔았을 것이다. 그들에게 나온 건 시큼한 음료였다. 사하라의 염소젖을 떠올리게 하는 음료였다.

두 사람이 탁자에 앉은 채 잠에 곯아떨어지려던 순간 점성가는 소스라치게 놀랐다. 무어 지역을 5년 동안 떠돈 두 인디언이 아는 아랍어 단어들과 낯선 단어들을 뒤섞어가며 그들 뒤쪽에서 사람들이 얘기를 나누고 있었다. 의례적인 사교 생활로 하루를 마치는 공의회 출신 현자 일곱 명이 천체에 관해 논쟁을 주고받고 있었던 것이다. 소년은 그 분야에 식견이 있는 점성가 친구를 떠밀어 대화를 시도해보게 했다. 점성가는 전율하면서도 동료의 말을 따를 엄두가 나지 않았다. 따라서 두 사람은 원기를 회복한 뒤 밤을 보낼 여인숙을 찾을 생각으로 다시 길을 나섰다.

그런데 어느 순간 소년은 동료의 부재를 알아차리고 화들짝 놀랐다. 골목 갈림길에서 그를 놓친 모양이라고 걱정했다. 왔던 길을 돌아가보았지만 동료는 보이지 않았다. 그는 출발 지점까지 거슬러 올라갔다. 그리고 선술집에 이르렀다. 거기서 탁자에 앉아 있는 그를 발견했다. 그는 그의 말에 귀 기울이며 질문을 던지는 박사들 틈에 앉아 있었다. 아즈텍인의 말을 들은 이들은 모두 그의 명석함과 대답에(그리고 그가 구사하는 훌륭한 아랍어에) 넋이

나간 얼굴이었다. 소년을 보자 점성가는 놀라며 말했다. 형제여, 왜 그러나? 걱정해서 찾아다녔습니다. 그가 말했다. 왜 나를 찾았는가? 내가 하늘의 일에 전념해야 한다는 걸 몰랐더냐? 점성가는 옛 열정을 되찾은 것이었다. 사람은 자신의 근원을 결코 잊지 않는 법이다. 그는 어디로 가던 길이었는지는 잊은 지 이미 오래였다.

그리하여 인디언 소년은 마지막으로 의지할 사람마저 잃고 가장 먼저 간판이 눈에 띄는 곳에서 묵었다. 큰 홀의 탁자에 앉긴 했으나 앞날이 막막했다. 눈물을 참으려 애쓰느라 그는 목이 메었다. 보드랍고 풍성한 백발을 한 남자가 소년이 문턱을 넘을 때부터 지켜보고 있었다. 남자의 눈길을 알아차리고 소년은 흠칫 놀랐다. 남자는 커다란 망토 속에서 미동도 없었다. 꼭 그림 같았다. 눈길조차 움직이지 않았다. 그는 눈길도 풍채만큼이나 위압적이었다. 한결같은 집중력을 보이던 그가 마침내 일어서더니 소년 곁에 자리 잡았다. 그리고 타타르 벌판의 황량한 땅보다 투박하고 무뚝뚝한 말투로 대화를 시작했다.

그런데 이상하게도 소년은 두 사람 사이에 깊은 신뢰가 자리 잡는 것을 본능적으로 느꼈다. 아즈텍 소년은 그 남자를 오래전부터 알아온 듯한 느낌이, 얼마 전에 점성가를 잃었듯이 영문은 알 수 없지만 인생의 부침으로 잃었던 오랜 친구를 다시 만난 느낌이 들었다. 남자는 세월의 풍파도 상당히 겪고 많은 나라를 돌아보았기에 소년이 걱정하는 것이 무엇인지 어렵지 않게 파악했다. 그는 소년에게서 항구도 없고 모험도 없이 등대에서 멀리 떨어져 표류하는 작은 보트 같은 모습을 보았다. 소년이 고뇌를 잘 감추지 못하는 걸 보았다. 소년은 몇 마디 수줍은 말로 뜻하지 않게 고독한 처지에 놓이게 된 사연을 이야기했다. 돈도 바닥을 보이기 시작했고 이젠 기댈 사람도 없었다. 그는 그 지역을 알지 못했고, 그곳 사람들도 앞날도 알지 못했다. 그러자 거구의 남자는 사병을 채우기 위해 항상 보병을 모집하는 근위대에 대해 말했다. 그 부대에 입대하면 잠자리와 먹을거리가 해결되고, 군대 동료들 사이에서 한자리 차지하게 될 것이며, 그 자리는 제국에서 아주 높은 서열에 해당할 것이라고 했다. 그도 오래전에 그렇게 시작했다고 했다. 남자는 소년에게 고약한 증류주를 몇 잔 건넸다. 소년은 절로 머리가 진정되는 것을 느꼈다. 마음이 편안했다. 절차도 모른 채 소년은 다음 날 이스탄불로 향하는 배에 올랐다. 근위대에 입대할 작정이었다.

소년은 전날 만남에서 얻은 조언을 어떻게 행동에 옮길지 고심하며 항구에 내렸다. 그 만남이 너무도 흐릿해지고 거의 지워져 환영을 본 게 아닌가 싶었다. 소년은 지친 배들의 선창에서 토해낸 상자들로부터 그다지 멀지 않은 곳에 보스포루스를 마주 보고 책상다리를 하고 앉은 남자를 보았다. 그는 그림을 그리고 있었다. 분주히 움직이는 온갖 형체들, 물품을 건네는 얼굴 없는 팔들 사이에서 오직 그 사람만이 꼼짝 않는 지표였다. 소년은 길을 묻기 위해 그 지표를 향해 다가갔다.

어떻게 말을 걸지는 알지 못한 채, 작업하는 그를 차마 방해하지 못한 채 소년은 예술가 옆에 앉았다. 예술가는 소년의 존재를 알아차리지 못한 듯 스케치를 계속했다. 인디언은 나뭇잎, 꽃, 동물이 가득한 스케치를 바라보며 목이 메어오는 걸 느꼈다. 나뭇잎과 꽃, 동물들은 창조된 이후로 무명 속에 있어온 듯 보였다. 그 그림에서 그는 잃어버린 낙원의 호사스런 자연을 알아보는 듯했다. 예술가는 분주한 작업을 중단하지 않은 채, 그의 손가락 아래서 꿈틀대는 그 기이한 세상을 미친 듯이 응시하다가 몇 분 뒤 관찰자에게 던지듯 말했다. 제목을 뭐라고 붙일지 영감이 떠오르지 않네요. 혹시 무슨 생각 없어요? 불시에 허를 찔린 인디언 소년은 더듬거리며 아무 상관 없는 대답을 했다. 소년의 광막한 항해를 보여주는 대답이었다. 그러자 예술가는 그의 옆에 자리한 영혼이 그의 식물이나 동물만큼이나 알록달록하다는 걸 직감했는지 소년을 향해 눈길을 던졌다. 미학적인 감동을 기대했던 건 화가였지만, 울음이 몰려오는 걸 느끼고 전날 참았던 오열을 마구 쏟아낸 건 소년이었다. 자기 안에서 무슨 일이 일어나고 있는지 소년은 말할 수가 없었다. 극도의 피로가 몰려와 모든 빗장을 하나씩 무너뜨린 것이다. 몇 달 동안 피로가 톱질을 하고 힘을 가해 그 빗장들을 마모시켰던 것이다. 화가는 난감해서 어찌할 바를 몰랐다. 그는 악천후로부터 안전한 곳으로 그림들을 치워놓은 뒤 소년이 울음을 멈추지 않자 서툴게나마 위로하려고 소년의 어깨에 손을 얹었다. 일단 빗장이 열리자 말들도 함께 쏟아졌다. 인디언은 그의 시종들이 조심하라고 한 조언들을 깡그리 잊고 속마음을 털어놓았다. 이날 식물 그림 한가운데서 그런 무뢰한을 만나게 될지 상상조차 하지 못한 예술가에게.

술레이만은 자기 이야기를 이어갔다. 그가 이야기를 끝 냈을 때 빛은 황토색으로 변해 있었다. 왕궁에 어둠이 속 속들이 스며들었을 무렵 록셀라나는 용기 내어 말을 꺼냈 다. 그녀는 방향 잃은 제비처럼 얼이 빠져 있었다. 그러니 무슨 천지 개벽할 말을 할 수 있었겠는가? 얼마 후 두 형 체는 도서관 밖으로 미끄러지듯 빠져나갔다. 침묵의 짐을 진 두 형체는 망루까지 걸어갔다. 우스쿠다르 난바다에서 교차하는 해류를 버티며 잉크빛 마르마라 해를 바라보고 있는 레안드로스의 탑이 어렴풋이 보였다.

다시 침묵을 깨는 역할을 맡은 건 록셀라나였다. 그녀 는 술레이만에게 그의 이야기를 죽기 전에 기록으로 남기 겠다고 약속하게 했다. 그 말들은 밀봉되어야만 했다. 술 레이만은 공식 연대기 작가들을 경계했으므로 인상을 찌 푸렸다. 록셀라나는 아무 말 없이 그를 바라보았다. 그렇다, 그는 알고 있었다. 그래야 한다는 걸. 또한 그는 그 일을 맡을 사람은 단 한 사람뿐이라는 것도 알고 있었다. 오래전 우연히 이스탄불 항구에서 술레이만을 만났던 그의 친구인 화가 샤 쿨리였다. 그는 산 사람으로서 술탄의 이야기를 알고 있는 유일한 인물이었다.

들어라! 멈춰라…….

내가 길을 잃고 내 이성이 안내자 없이 걷고 있는

이 혼란스런 미로는 뭐지? (…) 이 깜깜한 구렁에 떨어진

인간에게는 온 하늘이 그저 하나의 전조일 뿐이고,

온 세상이 그저 기적일 뿐이다.

페드로 칼데론 데 라 바르카, 『인생은 꿈』

자신이 보호하는 청년의 얘기를 들으며 셀림은 망연자실했다. 그러니까 이 좌초한 청년, 무명의 인디언이 그의 도시에 발을 들여놓았다가 그에게 충성하는 근위대에 입대해 그의 목숨을 구하게 되었다는 건가? 지구 반대편의 한 아이에게 길을 떠나게 해 셀림을 겨누는 검을 빗나가게 한 알라의 뜻보다 더 기이한 뜻이 어디 있을까……. 그는 다시 용기를 내어 청년에게 질문을 던졌다. 그의 나이를 물었다. 청년은 골똘히 생각에 잠겼다. 그는 아즈텍의

태양력에 따르면 열세 번째 하지 동안 태어났다. 지금으로부터 5450일 전, 해 질 무렵의 그림자처럼 날이 길어지는 시기에. 날들이 서로 닮아서 마그마처럼 하나로 뒤엉켜 뭉쳐버리는 사하라 이후부터 그는 시간의 흐름을 흐릿하게 감지할 뿐이었다.

술탄은 지금이 932년이라고 말했다. 시간의 부조리한 흐름을 겪고(대륙이 바뀌면서 시대도 바뀐 걸까?) 에스파냐에 도착한 소년은 킥사다―혹은 케사다―라는 인물 덕에 유럽의 책력을 알게 되었고, 그 후 해협 하나를 건너면서 5세기나 젊어지는 기쁨을 맛보았다. 그 후 그는 점성가의 도움으로 이 지역의 시간 논리를 이해할 수 있었다. 그는 재빨리 계산해보았다. 그때는 1512년이었고, 그는 열다섯 살이었다. 셀림은 그 말에 소스라치게 놀랐다. 그 근위병은 914년에 태어난 그의 아들과 나이가 같았던 것이다.

술탄은 그에게 마지막 질문을 던졌다. 그가 이제 막 털어놓은 모든 얘기가 사실이라면 그의 이름은 알리일 리가 없었다. 진짜 이름은 무엇이냐? 병사는 모든 별들을 낳은 대지의 어머니인 코아틀리쿠에를 골똘히 생각했다. 그의 제국을 떠나면서 무슨 일이 있어도 자신의 이름을 밝히지 않겠노라고 대지의 어머니께 맹세했기 때문이었다. 그의 이름은 그의 뿌리와 동시에 파괴되었다. 그것은 더 이상 존재하지 않았다. 무거운 비밀만이 존재했다. 그의 배속을 갉아먹는 비밀이었다. 그는 스스로 한 약속을 깨뜨릴 수는 없었다……. 그러나 그는 완전히 잃어버린 그의 에덴보다 훨씬 동쪽에 위치한 이 땅에서 인간과 만사를 지휘하는 듯 보이는 알라가 점점 두려워졌다. 사람들의 얘기를 듣자 하니 알라는 사람들의 머릿속을 헤아린다고 했다. 알라는 잘못을 금했다. 그리고 장부에 기록했다. 따라서 병사는 자신의 약속을 지움으로써 어린 시절과 자신을 아직 이어주고 있던 마지막 끈마저 끊었다. 그는 해방시키듯 말을 놓아버렸다. 저는 아즈텍 제국의 후계자 쿠아우테모크입니다. 술탄은 태양신 우이칠로포츠틀리의 벼락을 맞기라도 한 것 같았다. 사실 신앙심이 대단히 깊은 셀림은 그 순간 하나의 징표를 보았다. 하나의 신호를. 하늘이 열리더니 그에게 하늘의 사자使者를 드러내 보인 것이다.

그의 눈앞에는 그가 제거하기를 포기하지 않은 그의

아들과 같은 나이이며 과거를 잃은, 고귀한 혈통의 청년이 있었다. 이날 꼬리도 머리도 없는 시간의 혼돈 속에 알라와 우이칠로포츠틀리가 지켜보는 가운데 하나의 협정이 봉인되었다. 쿠아우테모크는 술레이만이 될 것이다. 근래 들어 정신없이 날뛰던 우주도 제 질서를 되찾게 될 것이다.

영겁회귀. 쿠아우테모크는 왕좌의 제자리를 되찾았고, 셀림은 이제 가문을 갉아먹는 적을 걱정할 필요 없이 외교 문제에 몰두할 수 있게 되었다. 제국의 국경을 넓힐 때가 되었다. 아무래도 이곳은 공간이 좀 부족했다.

대단히 고명하신 술꾼들이시여, 그리고 고귀한 매독 환자

여러분(내 글은 다른 사람들이 아니라 바로 당신들에게

바치는 것입니다), (…) 여러분 말마따나 의복이 수도사를

만드는 건 아니잖습니까. 수도복을 입은 사람이 속은

전혀 수도사 같지 않은 경우가 많습니다. 그리고 에스파냐 망토를

걸친다고 에스파냐 사람다운 용기를 보이는 것도

결코 아니지요. 그러니 책을 펼치고 그 속에서 추론해낼 수

있는 것을 세심하게 검토해야 합니다. 그러면 상자 속에

담긴 약제가 상자가 예고한 것과는 전혀 다른

효과를 낸다는 걸 알게 될 겁니다.

☾

프랑수아 라블레, 『가르강튀아』

전날 축하 행사를 시작하면서 마신 여러 가지 술 때문
인지 아니면 감격한 탓인지 보르헤스는 몇 달 전에 예정
되어 있던 국제학술대회에서 쿠아우테모크, 일명 술레이

만에 관한 발표를 들뜬 채 시작했다. 그는 친구 하칸이 찾아내 보르헤스 폐하를 위해 물론 번역까지 마친, 술레이만의 생애를 증언하는 필사본을 회수함으로써 하칸이 누려야 할 주인공 역할을 조금은 빼앗은 셈이었다.

그는 진짜 불새처럼 온몸을 불사르듯 열정적인 연설에 뛰어들었다. 그의 눈은 열정으로 이글거렸다. 그는 자신의 논증에 방점을 찍기 위해서라면 역사의 자살 폭탄이 되어 몸이라도 던질 기세였고, 실제로 그랬더라도 사람들은 그다지 놀라지 않았을 것이다. 더구나 '논증'이라는 말은 그의 연설을 규정하기에는 과분한 말이었다. 사실 보르헤스는 온갖 문들을 열어놓고는 다시 닫지 않는, 복잡하게 구불구불 이어지는 이야기 속으로 몸을 던졌던 것이다. 어느 것 하나 명료하게 밝히지는 않은 채 온갖 가능성의 영역을 해결하겠다는 야심을 드러낸 이야기였다.

청중은 하나의 이야기가 10분 만에 한 무더기의 다른 이야기들을 낳고, 그 이야기들이 곧 다시 번식을 이어가는 것을 홀린 채 목도했다. 아리아드네라도 그런 미로 속에서는 길을 잃었을 것이다. 보르헤스를 기다리지 않고 역사라는 학문의 결정판 복음을 내놓았던 교수들, 그 준

엄한 검열관들은 보르헤스의 이야기에 샤리아르 왕이 세헤라자데에게 홀린 것만큼은 물론 홀리지 않았다. 학술대회장의 격앙된 분노가 손에 잡힐 듯 생생히 느껴졌다.

보르헤스가 강연회 이전에 자신의 발견을 비밀에 부치지 못하고 대학 잡지사들과 폭로 기사 전문 언론에 이미 보따리를 몽땅 풀어놓았다는 사실을 털어놓아야겠다. 그리고 강연회에 참석한 연구자들의 관심을 끌 만한 역사적인 세부 사실들은 앞으로 자신이 쓸 위대한 저서를 위해 아껴두었다. 어쨌든 글 쓰는 데 드는 시간에 대한 수익은 뽑아야 하지 않겠는가. 그의 동료들은 세부 사실들을 알기 위해 그의 책을 살 수밖에 없을 것이다. 따라서 그는 있을 법하지 않은 터키-아즈텍 계보의 복잡한 우여곡절 속에서 계속 길을 잃고 헤맸다.

새벽이 되자 그의 말을 끊어야만 했다. 가깝든 멀든 보르헤스를 아는 사람이라면(학술 발표 뒤에 이어진, 결국 조찬 모임이 되고 만 칵테일파티에서 주워 모은 논평에 따르자면, 대개는 무한히 먼 사이였다) 모두가, 그 순간 파우스트 박사 곁에서 멀리 떠나 땅속으로 사라질 수만 있다면 영혼을 파는 계약서에 서명이라도 했을 것이다. 특히 그 자리에 참석한 하칸은 뇌졸중에 걸린 사람처럼 거의 가물가물 정신을 잃고 잠들어가고 있었다.

나는 내 나라 국민을 신뢰한다.

그들은 내게 떠돌이라는

이름을 붙여주었다.

레오폴드 세다르 상고르, 『에티오피아 사람들』

아버지가 죽고 난 뒤 술탄이 된 술레이만이 조상들의
땅이 어떻게 되었는지 알게 된 건 1532년 즈음이었다. 태
양신의 보호를 받던 영원한 제국은 폐허가 되었다. 코르
테스라는 자가 가져온 광견병은 그의 부하들에게도 전염
되었다. 그들은 화산의 침을 고갈시켰고, 땅의 배를 갈랐
고, 땅을 죽게 만들었다. 여자들의 노래를 멈추게 했고,
남자들의 집을 능욕했다. 낙원은 진창 속에 던져졌다. 따
라서 쿠이틀라우악이 마니카텍스의 예언에 귀 기울인 건
옳았다. 하지만 그렇다고 해서 그가 사촌에게 망명을 강
요한 것은 결코 정당화되지 못할 것이다. 이 소식을 듣고

술탄은 그 자리에서 굳어버렸고, 보름 동안은 국사를 전혀 돌볼 수 없었다. 그는 그의 나라가 잿더미에서 다시 살아나지 못하리라는 사실을 도무지 받아들일 수가 없었다. 다행히 록셀라나가 정사政事를 살폈다. 그녀의 자유는 하렘의 문 앞에서 멈출지라도 그녀의 의지는 달랐다. 그녀는 카르멜회 수녀처럼 은거한 채 문서들을 신속하게 처리했다. 그녀의 명령을 따르는 한 무리의 시동들이 그녀의 권고를 어전 회의실로 날랐다. 그녀가 여전히 호감을 품고 있던 대재상 이브라힘은 그녀의 논평을 기록했다. 록셀라나가 술탄과의 협상에서 벗어나 단호히 국사를 이끌 때만큼 '호방한 여자'라는 뜻의 별명 휴렘이 걸맞은 적이 없었다.

술레이만이 이성을 잃게 만든 슬픔은 단 한 가지 결정을 내리게 했다. 록셀라나는 그의 결정에 놀랐다. 그만큼 그의 관심사에서 벗어난 결정이었다. 그는 어마어마하게 거대하고 압도적인 모스크를, 술레마니에를 건설하라고 명령했다. 그리고 독특한 세부 사항을 덧붙였다. 중앙 탑은 반드시 45미터를 넘어야 한다는 것이었다. 그는 그 숫자를 헤아릴 수 없을 만큼 여러 번 밤낮으로, 치즈와 후식을 먹는 사이에, 아잔을 끝내고, 혹은 목욕재계를 하며, 혹은 폴락 대사를 맞이하면서도 뜻 모를 주술처럼 반복했다. 건축가 시난은 머리를 긁적였지만 군주의 엉뚱한 생각 앞에 고개를 조아렸다. 권력은 많은 사람을 망가뜨리는 법이다.

록셀라나는 몇 년 뒤에야 그 강박감이 어디서 생겨났는지 이해했다. 테노치티틀란 대사원의 대계단이 45미터에 달했던 것이다. 테노치티틀란이 능욕당하고 파괴되었으니 살아남은 술레이만은 조상들에게 경의를 표하기 위해 하늘을 향해 드높이 솟은 사원을 다시 세우려 했던 것이다.

그런데 몇 달 뒤 하늘에서 내려온 건 프랑수아 1세의 원조 요청 편지였다. 록셀라나는 그 편지가 불러일으킬 효과를 아직은 짐작하지 못했다. 무기력하게 늘어져 있던—몇 달 전부터 톱카피 궁을 통치하기보다는 그저 가구처럼 채우고 있던—술탄은 갑자기 카를 5세와 프랑수아 1세의 위장 장애로 인한 걱정에 격분하는 모습을 보였다. 록셀라나는 남편에게 설명을 요구했다. 사실은 술레이만 스스로도 자신이 그런 증오를 품을 수 있으리라고는 예상하지 못했다. 그의 증오심이 너무 커서 그녀는 겁이 났다. 술탄은 그의 사촌과 만난 날 저녁에 사촌이 했던 말을 떠올렸다. 쿠이틀라우악은 쿠아우테모크를 보호해서 언젠가 점괘가 실현될 경우 그가 야만 행위의 순환을 끊어주기를 바랐다. 에스파냐 군주국을 벌해야만 했다. 술탄 자신을 위해, 쿠이틀라우악을 위해, 말살당해 더는 목소리도 국기도 갖지 못하는 그의 백성을 위해.

록셀라나는 역사라는 피륙은 날실과 씨실이 교차되어 짜이므로 언젠가는 실제로 벌어진 일을 알아야 한다고 확신하고서 술탄에게 비밀을 털어놓게 한 뒤 그가 프랑스 왕을 상대로 세운 계획에 마음껏 뛰어들도록 용기를 북돋았다. 그녀는 무엇보다 아즈텍의 지진을 알게 된 뒤 위축되었던 술레이만의 정신 건강이 그 일로 나아지리라 추정했다. 마치 테노치티틀란이 술탄의 머리 위로 폭삭 내려앉은 듯이 보였다. 어떤 식으로든—이번 경우에는 카를 5세와 싸움으로써—능욕에 대해 복수할 가능성은 그를 어느 정도 깨어나게 해줄 것이다. 적어도 그러길 바라야만 했다. 게다가 그녀는 대단히 기독교적인 왕과 대예언자 마호메트의 후계자 간의 동맹 소식이 낳을 효과까지 벌써부터 염두에 두고 있었다.

실제로 몇 년 동안 여론은 뜨겁게 달아올랐다. 술레이만이 새로운 열정을 보인 덕에 예전에도 임시 동맹을 맺은 적이 있었던 프랑스 왕과 터키 왕은 두 나라의 동맹 관계를 강화했다. 프랑수아 왕은 그 까닭을 알지 못했지만 불평할 것이 전혀 없는 결정이었다. 그러나 프랑스 왕의 위선이 얼굴 한가운데 자리한 코만큼이나 컸기에 술레이만은 상당히 빨리 진저리를 냈다. 프랑수아가 그에게 잘못 처신해서가 아니라 전력을 기울이지 않았기 때문이었다. 프랑스 왕은 합스부르크 왕가의 수장 앞에서 여전히 고개를 조아렸고, 한층 더 예의 바른 태도를 보였다. 합스부르크의 수장은 자신이 누구인지를 상기하려고 틈만 나면 로마 황제처럼 자주색으로 차려입었다.

술레이만은 바로 이때 외교 관계의 정도를 벗어났다. 사실 그가 복수하려 한 건 제국 대 제국의 문제 때문이라기보다는 사적인 문제 때문이었다. 프랑수아 1세에게 기대했던 만큼 의지하기가 힘들어지자, 술탄은 기독교인을(혹은 달갑잖은 다른 모든 피조물을) 죽이려고 나섰을 때 이 스탄불의 모든 선술집 담장을 흔들리게 했던 옛 친구 키 즈르 하이르 알 딘을 찾았다. 키즈르 하이르 알 딘 역시 신성로마제국이라는 형체 없는 괴물 같은 조직, 이단에 맞서 싸우면서 정작 자기 꼬리는 물지 못하는 그 이단적 인 레비아탄(구약성서에 등장하는 바다 괴물)의 분할을 술레이 만만큼이나 열렬히 갈망했다. 일부 이슬람교도들과 에스 파냐에서 쫓겨난 지중해 연안의 유대인들을 도와 그들의 신앙에 덜 적대적인 오스만 땅으로 인도한 뒤 키즈르 하 이르 알 딘은 그곳에 정착했다.

그 후 바르바로사(빨간 수염이라는 뜻)라는 별명으로 알려 진 그는 기독교인들의 선박을 마주치면 침몰시켰고, 세상 의 온갖 암초 위에서 조수의 헐떡임을 들으며 수염이나 매만지면서 여가를 보냈다. 술레이만의 할아버지인 바예 지드가 그에게 할 일 없는 용병들을 데리고 와 전장에서 좀 즐겨달라고 도움을 요청한 날까지는 그랬다. 병사들은 사기충천해서 돌아왔고, 술탄도 만족했다. 그는 미묘한 작 전들에 활용하기 위해 바르바로사를 곁에 두었다.

1510년 바르바로사는 엘드자자이르에서 가톨릭 군주

170

국을 내쫓음으로써 그 군주국에 예상 밖의 완패를 안기는 즐거움을 맛보았다. 이 해적은 눈썹 하나 깜짝하지 않고 적군 선박을 홀딱 벗겼고, 에스파냐의 오만으로 거들먹거리던 페논1510년 에스파냐인들이 엘드자자이르에 세운 요새, 알제라는 이름을 얻게 된 도시의 요새를 괴롭히고 무장해제시켜 꺾었으며, 그 잘난 사교계 사람들을 이른 새벽에 문 밖으로 내쫓았다. 그는 엘드자자이르에 기쁨을 찾아주었고, 몇 년 동안 그곳을 지켜주었다. 그리고 에스파냐가 공격해올 때 도시와 술탄의 후방을 지켜주겠노라고 술탄에게 충성을 맹세했다. 그 행위로 아름다운 우정이 맺어졌고, 그 우정은 아들 술레이만까지 이어졌다.

이스탄불로 술레이만을 찾아가기로 한 날, 바르바로사는 하산 총독에게 도시를 맡기고 떠났다. 이 소식을 들은 카를 5세는 적이 자리를 비운 사이에 도둑맞은 도시를 되찾기 위해 라티스본에서 부랴부랴 짐을 꾸려 바다로 나섰다. 하산은 젊고 경험이 부족했다. 따라서 '페어플레이'를 하기 위해 황제는 싸움을 걸 선박 500척과 4만 명의 병사만을 불러 모았다. 로마와 프러시아 땅의 죄수들, 시칠리아와 나바라의 도형수들이 모두 그 부름을 듣고 군대에 합류했다. 땅은 오직 서양의 것이므로 엘드자자이르는 마땅히 에스파냐의 소유여야 하기 때문이었다. 우리끼리는 평화롭게 지내고, 터키 폭군과는 전쟁이다.

역사가 말해주지 않는 것이 있다. 바르바로사를 이스탄불로 불러들이는 임무를 맡은 밀사가 초래한 뜻밖의 혼돈이다. 이 세부 사실은 중대하지만 언급되지 않는다. 역사책들은 선별해서 말한다. 이 지역의 역사책들은 천사의 성별을 기억하는 편을 선호했다. 밀사는 시르트 출신의 어느 유모가 키운 젊은 시동이었는데, 당연히 터키어를 잘 이해하지 못했다. 술탄이 엘드자자이르로 온다는 걸 바르바로사에게 알리는 임무를 맡은 그는 바르바로사에게 이스탄불로 오라고 알렸다. 오, 비잔틴의 눈부신 날들이여! 제국의 학자들이 이 현상을 연구하기 위해(그리고 명명백백한 행정 착오를 바로잡기 위해) 애써 만든 지도들에 따르면, 두 호송대는 몰타 난바다에서 서로 만나지 못한 채 지나친 모양이었다. 역사 속에서 숱하게 일어난, 어긋난 만남이었다.

따라서 술레이만은 바르바리아 해안에서 멀리 않은 곳

에 느긋하게 이르렀다가 난데없이 기습당했다. 마치 호두라도 깨뜨리듯 도끼질 한 번으로 배를 두 동강 내려 한 것 같았다. 대포 탄환 하나가 배를 아슬아슬하게 스치고 지나가 돌 더미를 때렸다. 바르바로사가 오랜 친구를 어찌 이렇게 맞이할까? 설마 저것이 예포란 말인가? 운명의 장난인지 시력 나쁜 병사가 에스파냐 선박이 왔다고 생각해 조준 사격을 했고, 그 병사는 곧 다른 보초로 교대되었다. 마침 정오여서 교대 시간이었던 것이다. 보초는 공격을 다시 개시하려고 조금 전에 놓친 선박을 망원경으로 살폈다. 그러곤 초승달이 그려진 깃발이 펄럭이는 것을 확인하고 질겁했다. 상대는 터키 선박이 분명했다. 에스파냐인들은 초승달을 좋아하지 않았다. 전투 준비 나팔이 울렸고, 선박을 최대한 빨리 요새로 들어오게 만들 준비가 이루어졌다.

술레이만은 그런 대접에 충격을 받긴 했지만 무사했다. 그는 거친 파도에는 익숙했지만 그런 종류의 거품에는 그리 익숙하지 않았다. 그가 바르바로사에게 진솔한 해명을 요구하려는 찰나, 하산 총독이 방으로 황급히 뛰어 들어오더니 바닥에 납작 엎드려 더없이 송구스러워하며 이해하지 못할 용서를 구했고, 바르바로사 일행이 그곳에 없다고 알렸다. 총독은 몸의 혈관이며 조절판이 모조리 열린 상태로, 그나마 하늘이 도와 전날에야 시작된 사건들을 뒤죽박죽 뒤섞어 마치 사육제처럼 혼란스럽게 이야기를 늘어놓았다. 술레이만은 자신의 눈앞에서 펼쳐지는 일들이 더없이 고약한 장난인지 아니면 최후의 심판인지 판단하지 못한 채 반 시간가량을 위태롭게 보내고 나서야 엘드자자이르에서 무슨 일이 일어나고 있는지 겨우 감 잡을 수 있었다.

카를 5세가 겨우 2리외(1리외는 약 4킬로미터) 떨어진 곳에 와 있는데 그에게는 아무것도 없었다. 말 그대로 아무것도 준비된 게 없었다. 제대로 꼴을 갖춘 공격을 할 형편은 못 되었지만 그런 기회를 흘려보낸다는 건 결코 생각할 수 없었다. 술레이만은 신을 모독하는 말을 내뱉을 뻔했으나 참았다. 그의 눈이 팽 돌아가는 듯하다가 무기력해지면 내뱉곤 하던 이름이 언급되자 백조가 죽기 전에 마지막으로 아름다운 노래를 부르듯 놀랍게도 이내 정신을 차렸다.

에르난 코르테스. 서인도 제도의 도살자 에르난 코르테스가 엘드자자이르에서 카를 5세를 수행하고 있었던 것이다. 지구의 절반을 더럽힌 그가 기쁨의 도시를 욕보이러 온 것이다. 술레이만은 그의 빈정거리는 미소를 상상했고, 이젠 오직 한 가지밖에 꿈꾸지 않았다. 그놈의 턱뼈를 부숴버리는 것이었다. 그 쓰레기 같은 인간의 머리통이 본국으로 송환되어 에스파냐의 어두운 성소에 거룩한 유물처럼 모셔질 일이 없도록. 그가 이곳에서 뒈져서 그의 유골이 아프리카 여우들에게 뿌려지도록.

역사책들은 카를 5세가 경멸하던 젊은 풋내기 하산에게 납작하게 참패한 일에 대해서는 집요하게 얘기한다. 그러나 술레이만이 그 자리에 있었다는 사실은 종종 잊곤 한다. 천방지축의 출세주의자 하산은 풋내기 노름꾼의 행운을 누렸고 조금 즐기기도 했다. 그는 판돈을 올려 경기를 복잡하게 만들었다. 그러나 하산 혼자서는 신성로마제국을 궁지로 몰지 못했을 것이다. 이 버전은 전쟁 경험이 많은 늙은 카를을 웃음거리로 만든다. 그는 마치 잘못을 저지르다 들킨 어린아이 같은 꼴이 된다. 조롱조이지만 심각한 결과는 낳지 않는 이 해석이 학교 담장을 넘어 무한한 메아리를 일으키는 것을 사람들은 좋아한다.

반면 에스파냐인들의 시신이 바닷속에서 플랑크톤 사이를 떠돌지 않도록 야만인들이 진혼곡을 노래함으로써 그 시신들의 영혼을 달래주었다고 말하는 건 절대로 불가능했다. 검소한 루터식 버전조차도 금지되었다. 엘드자자이르, 행복한 도시, 보호받는 이 도시는 신성로마제국의 공격이 일으킨 거친 파도를 이겨내고 승리했다. 그저 언젠가 카를 5세에게 조상들의 원수를 갚을 수 있기만을 바랐던 술레이만은 감히 꿈도 꾸지 못했을 연회에 초대받은 셈이었다. 왕위 찬탈자 에르난 코르테스, 케찰코아틀 신의 지도를 가로채 신들의 주기 속에서 신의 자리를 차지하고 그 지도를 제멋대로 주무르려 했던 코르테스가 쟁반에 담겨 술탄 앞에 놓인 것이다.

술레이만은 늑대들에게 포위당한 채 고립된 이 도시 곳곳에서 그를 찾아다녔다. 그러나 어리석은 무리들은 죽도록 아우성치며 그저 양떼처럼 몰려다녔다. 코르테스도 그보다 더 똑똑하지는 않았다. 술레이만은 숨을 깊이 들이마셨고, 계획을 세워 덫을 놓았으며, 할 수 있는 모든 것을 절제하지 않고 시도했다. 코르테스는 그의 수중에 들어오게 될 것이다.

실제로 코르테스는 그의 수중에 들어왔다. 구름 없는 하늘에 태양이 불쑥 떠오르던 어느 아침이었다. 쿠아우테모크는 먹잇감에 달려드는 독수리처럼 요새의 높은 곳에서 작살을 던져 그의 어깨를 관통시켰다. 그는 바다에서 잡은 생선을 건져 올리듯 그를 들어 올렸다. 생선이 우글거리는 묵직한 그물을 짭짤한 갑판 위에 쏟아냈다. 땀에 젖고 소금물과 핏물이 뚝뚝 흐르는 살아 있는 코르테스가 안으로 끌려왔다. 쿠아우테모크는 결정을 내렸다. 그를 죽이지는 않을 것이다. 사람 하나를 죽인다고 그의 제국을 다시 살릴 수는 없을 터였다. 그는 태연하게 나우아틀의 의식용 노래를 흥얼거리기 시작했다. 화롯가에 모여 앉아 옛날이야기와 속에 품고 있던 이야기를 털어놓을 시간이라도 된 것처럼.

그 치유법은 효과적이었다. 코르테스는 고통의 비명을 그쳤다. 그러나 그의 눈에는 훨씬 더 극심한 공포가 서렸다. 아즈텍의 주술이 어떻게 터키 술탄의 가슴에서 솟아나올 수 있지? 그 순간부터 술레이만은 공연한 설명을 늘어놓는 데 시간을 들이지 않았다. 그는 적의 오른손을 억

세게 붙잡았다. 그리고 무한한 인내심을 발휘하며 그의 손가락을 하나씩 잘랐다. 느긋하게, 매일 다섯 시에 하나씩. 그가 그 일을 끝냈을 때 마지막 아잔 소리가 지중해 위로 증발했다. 알라가 그에게 형제들의 원수를 갚는 것을 허락했기 때문이다. 그러자 그는 적의 왼손을 잡았고, 가운뎃손가락만 잘랐다. 대사원이 땅에서 뿌리째 뽑혔기 때문이었다. 마지막으로 그는 코르테스의 발바닥을 살폈다. 행여 그가 아직 남아 있는 순결한 땅에 그 발을 디딜 괘씸한 생각을 하고 있지는 않은지 보려고.

리오하 포도주는 언제나 염소 가죽 냄새를 풍기는 법이다. 자랑스런 에스파냐인으로서 에르난 코르테스는 수치심에 사로잡힌 채 당연히 얼마 후에 인도로 향하는 배에 다시 오르고 싶어했다. 너덜너덜해진 발이 붉게 변하자마자 곧장 여행을 계획했다. 그는 진상을 알고 싶었고, 그가 놓친 게 무엇인지 알고 싶었다. 그가 그것을 놓친 곳에 가서, 그걸 놓치도록 만든 것이 무엇인지 이해하고 싶었다. 누군가 그에게서 아즈텍 황제를 훔쳐낼 수 있었으리라고 어찌 생각했겠는가? 코르테스를 바보로 여길 생각은 하지도 마라. 말린체는 틀림없이 이 문제에 대해 그보다 더 많은 걸 알고 있으리라는 직감이 들었다. 으윽, 발에는 아직 붕대가 감겨 있었지만 그는 벌써부터 그에게 대가를 치르게 될 모든 인간들의 손가락을, 발바닥을, 손바닥을, 그리고 발가락까지 덤으로 잘라내려고 칼을 갈고 있었다.

그러나 신은 이제 신선도가 떨어진 이 풋내기가 지긋지긋해지기 시작한 모양이었다. 관용 비슷한 것조차 보이지 않았으니 말이다. 신세계와 구세계를 경솔하게 약탈했던 자는 고약한 이질에 걸려 자랑스럽지도 못하고 명예롭지도 못한 꼴로 침대에서 죽었다.

공식적인 우스갯소리에 따르면 카를 5세는 패배한 뒤 풋내기처럼 허세를 부리며 돌아왔다고 한다. 사실은 그에 대한 신뢰의 마지막 막이 그곳에서 무대에 올려졌다. 같은 해, 전지전능한 기독교 황제는 라티스본에서 루터 앞에, 그리고 엘드자자이르에서 터키 술탄 앞에 고개를 조아려야만 했다. 괴물 히드라는 가톨릭 왕과 종교개혁, 그리고 칼리프의 힘이 우연히 결합되면서 수치스럽게 죽어 갔다. 어울리지 않는 그 괴상망측한 조합은 꼭 난장판 시장 같았다. 그러나 주사위 던지기가 때로는 유쾌한 우연을 만들어내기도 한다. 성난 레비아탄이 마침내 자기 꼬리를 물었다. 세상을 한 바퀴 돌다 보면 결국 자신에게 돌아오는 법이다.

술레이만은 이스탄불로 돌아갈 채비를 했다. 헤라클레이토스는 같은 강에 두 번 뛰어들지 못한다고 말했지만 헛수고였다. 한결 현명해지고 평온을 되찾은 술탄은 같은 공간을 다시 가로지르고 흘러간 날들을 돌아보기 위해 같은 길을 통해 고향으로 돌아가기로 마음먹었다. 적어도 그 모든 혼란에서 조금이라도 교훈을 끌어내기 위해 상징을 낚을 기회를 놓치지 않은, 다음 세기의 터키 우화들이 주장하는 바에 따르면 그랬다.

시시한 소리들은 집어치우고, 어쨌든 술레이만은 몹시 지쳤다. 그는 가능한 한 빨리 자신의 도시를 되찾고 싶었다. 조금 게으른 그의 선원들은 여름의 뜨거운 햇살을 평계 삼아 한껏 게으름을 부렸다. 새 뱃길을 탐험하는 일은 하지 않을 것이다. 무엇보다 술탄은 이스탄불에서 초조하게 그를 기다리고 있을 록셀라나와 바르바로사를 만나러 가는 것이 행복했다. 굳센 바르바로사가 그 도시의 모든 성벽을 뒤흔들 수 있다는 사실을 이미 아는 사람들은, 그런 바르바로사도 원하는 것만 전하는 역사책들은 결코 뒤흔들지 못하리라는 것을 아마 깨달았을 것이다. 보르헤스가 한 수많은 인터뷰처럼 말이다.

그는 인터뷰에서 쿠아우테모크, 목테수마, 말린체를 재창조하며 흡족해했다. 또한 바르바로사, 마니카텍스, 록셀라나도 재창조했다. 그리고 무엇보다 자기 자신을 재창조하며 흡족해했다. 이 이야기에서 기억해둘 것이 무엇인지 알아보시라. 이 세상의 위대한 인물들이 배를 타고 자기 얘기를 할 때에는 모든 것이 표류한다.

결국 남는 건 물결뿐이다. 그리고 해안뿐이다.

COMMENT LES GRANDS DE CE MONDE
SE PROMÈNENT EN BATEAU
by Mélanie Sadler

✳

멜라니 사들레르

스물일곱 살에 펴낸 첫 소설 『세상의 위대한 이들은 어떻게 배를 타고 유람하는가』로 멜라니 사들레르는 프랑스 문단에 눈부시게 등장한다. 그녀는 아르헨티나 역사를 전공하며 박사과정을 밟던 중 논문으로 인한 스트레스를 풀 겸 떠난 터키 여행에서 톱카피 궁을 방문하려고 기다리다가 문득, 아즈텍의 멸망 시기와 오스만의 전성기가 겹친다는 사실을 깨닫는다. 그리고 3주 만에 이 소설을 완성해낸다. 이 작품은 2015년 1월에 출간되자마자 프랑스 문단을 발칵 뒤집어놓았다. 기상천외한 상상, 역사에 대한 깊은 이해, 반짝이는 유머 감각이 돋보이는 이 소설을 「피가로 마가진」은 "경이로운 작품"이라 했고, 「리르」지는 "완벽한 성공작"이라 평했다. "해박하고 유쾌한 작품", "유머 가득한 강장제 같은 작품", "엉뚱하면서 해박한 독창적인 작품"이라는 찬사가 쏟아졌다.

백선희

덕성여자대학교 불어불문학과를 졸업하고 프랑스 그르노블 제3대학에서 문학 석사와 박사 과정을 마쳤다. 현재 덕성여자대학교에 출강하고 있으며 번역가로 활동 중이다. 옮긴 책으로 『다섯 손가락 이야기』 『파트리시아 카스, 내 목소리의 그늘』 『자크와 그의 주인』 『레이디 L』 『짜증나!』 『행복, 하다』 『흰 개』 『북극 허풍담』 『로맹 가리와 진 세버그의 숨 가쁜 만남』 『프리다 칼로와 디에고 리베라』 『웃음과 망각의 책』 『햄릿을 수사한다』 『나가사키』 『셜록 홈즈가 틀렸다』 『하늘의 뿌리』 『안경의 에로티시즘』 『앙테크리스타』 『피에르 신부의 고백』 『알코올과 예술가』 『풍요로운 가난』 『단순한 기쁨』 『청춘·길』 『밤은 고요하리라』 『울지 않기』 『내 삶의 의미』 등이 있다.

세상의 위대한 이들은 어떻게 배를 타고 유람하는가

지은이_멜라니 사들레르
옮긴이_백선희

✳

2016년 8월 10일 1판 1쇄 인쇄
2016년 8월 22일 1판 1쇄 발행

펴낸이_황재성 · 허혜순
책임편집_박민주
디자인_color of dream

펴낸곳_무소의뿔
(04030) 서울시 마포구 동교로 136
신고번호 제2012−000255호
신고일자 2012년 3월 20일
전화 02−323−1762   팩스 02−323−1715
이메일 musobook@naver.com
www.facebook.com/musobooks
ISBN 979−11−86686−11−9   03860

무소의뿔은 도서출판연금술사의 문학 브랜드입니다.
이 도서의 국립중앙도서관 출판예정도서목록(CIP)은 서지정보유통지원시스템 홈페이지
(http://seoji.nl.go.kr)와 국가자료공동목록시스템(http://www.nl.go.kr/kolisnet)에서
이용하실 수 있습니다. (CIP제어번호: CIP2016019018)